さくっと

近代俳人入門

正岡子規・河東碧梧桐・高浜虚子 編

青木 亮人

青木先生
大学で近現代俳句を研究し、講義「俳句学」を担当。

俳子
松山出身。幼少時からの俳句好きで、現在は大学生。「俳句学」受講者。

もくじ

―凡例―

・会話中の①～の解説は見開きページ左下部分に掲げています（プロローグのみ末尾）。
・元号が見開きページで複数ある場合、最初のみ「明治～」とし、後は適宜「同～」としています。新元号が出た場合はそのつど元号を示しています。
・西暦は見開きページ内の最初の元号に適宜付しています（分量の都合上、略した箇所もあります）。

プロローグ

（ナレーション）

青木先生が道後公園を散策していると、講義「俳句学」の受講生だった俳子さんと再会します。

青木先生（以下、青） おや、こんにちは。凄い格好ですね。菅笠に蓑《みの》姿……演劇の練習ですか？

俳子（以下、俳） あら、お久しぶり。正岡子規さんのコスプレよ（①）。似た格好をすれば名句も浮かぶかと。ごほごほ、喀血が。

青 みんなヘンな眼で見るので笠ぐらい取りましょう。結核でもないのに、嘘つきは俳人の始まりですよ。

俳　イヤなことわざを創作しないで。傑作を得ようと頑張る乙女心も知らずに……**〈枕木を五月真乙女一歩一歩〉**という感じで一歩ずつ精進していますのよ。

青　中村草田男の句ですね。菅笠に蓑姿の乙女が一歩ずつ進む俳句道、その怪しすぎる行末が危惧されますが、なぜ子規に惹かれるんですか？

俳　俳句革新の英雄！　教科書にも掲載される大俳人ですわよ。

青　でも、当時の子規の凄さは分からないことも多いんですよ。

俳　へー（冷めた口調）

青　まあ、そう言わずに。子規が革命児だとして、明治期に彼が何をしたか知らないことも多いはず。

俳　古臭い俳諧を蹴散らして近代俳句を作ったんでしょう？

青　ええ。江戸後期から俳諧宗匠が月並（②）ばかり詠んでいたため、停滞した俳壇を子規が彗星のように現れて革新した、と。

俳　だから凄いんじゃない。（鼻高々）

青　あなたが胸を張らなくとも。当時の子規たちが宗匠の何を古いと感じたのか、ご存じでしょうか？

俳　し、知らないわ。歴史に名を残さないダメ宗匠なんか興味ないし。

青　そこです。子規の新しさを知るには彼らが古いと感じたものを知る必要がある。それに子規は100年以上前の俳人ですし、「子規＝革新者」と定説のイメージをなぞるだけでは実態を把握しにくいと思いませんか？

俳　仰ることも分かりますが、昔のことを地道に調べるのは面倒。それに毎日忙しいんです、朝からリヤカー引いて山向こうの村に牛乳を……。

青　いつの時代ですか。昔を知ると今の私たちの価値観の特徴や偏りが分かりますし、明治や大正期に発生した俳句観を伝統と思いこんでいるかもしれない。どうでしょう、俳子さんは俳句がお好きなので近代俳句史をおさらいしませんか。句作に直接活かせるかは別として、「俳句とは？」を考える契機になりますよ。

俳　いいですね。今まで本能で句作するだけで、「俳句とは」など面倒事は避けてきたのでありがたいです。菅笠かぶるよりはいいかも。

青　話は変わりますが、俳子というお名前、珍しいですね。

俳　俳句好きの祖父が「初孫は女子なら俳子」と決めたらしいの。おかげで俳句好きになりましたわ。ちなみに笠や蓑は祖父のものよ。

青　……お祖父様は孫の子規コスプレを止めなかったんですか。

俳　むしろ勧めてくれたわ。「結核には気を付けてな」と心配しながら送り出してくれました。

青　お祖父様が笠等を持っているのも気になりますが、日が暮れるので後日に大学でお会いしましょう。

俳　子規さんの**〈行く我にとどまる汝に秋二つ〉**（③）ね。達者で暮らせ。

青　いや、二人とも帰るんですよ。私だけ道後公園で夜を迎えてどうするんですか。

①子規がまだ健康で各地を旅行した際に求めたもので、晩年の病床の部屋に飾っていた。

②月並―「毎月のように同じ作風を詠み続ける退屈な作品」という意味で、子規たちが批判的に使用して広まった。

③「行く我に」句―明治28年（1895）、松山から東京に向かう子規が松山中学教員をしていた夏目漱石との別れを詠んだもの。

近代俳句の創始者、正岡子規

（紹介する俳人）

正岡子規〔慶応3年〔1867〕～明治35年〔1902〕〕—松山藩士族出身。近代俳句の創始者で、「写生」を提唱した。早世したが、弟子格だった高浜虚子や河東碧梧桐が俳句界を牽引したこともあり、近代俳句の祖とされる。

（ナレーション）

道後温泉を散策していた青木先生が、人力車に乗る俳子さんと再会します。

青　おや俳子さん、人力車④に乗って何をしているんですか。

俳　あら先生、『車上所見』⑤をご存じなくて？　次の勉強会で子規さんを取り上げると仰ったから、子規さんを追体験していたのよ。先生こそ赤手拭いをぶら下げて何を……『坊っちゃん』ごっこ？

青　当たり。そちらは子規、こちらは漱石。互いの文豪調査中にお会いしたのも何かの縁、本当は大学教室で行う予定でしたが、道後温泉で俳句史の続きをしましょうか。

俳　いいですね。人力車に乗って子規さんの気持ちも追体験できたのでお願いします。それにしても、いかにも的な赤手拭いを一体どこで？

青　フッ……正岡子規の話から始めましょうか。英雄とされる彼の生涯がいかなるものか、見てみましょう。

④人力車—道後温泉近辺は観光用の人力車が多い。俳子は地元民なのに常連らしく、頻繁に目撃されている。

⑤『車上所見』—明治31年発表。病臥の子規が久々に人力車に乗って外出し、その時の嬉しさを綴った随筆。

■松山藩士族、子規

俳　（「赤手拭いは？」という心の声を抑えつつ）前回も仰っていましたよね。そこを聞かせてもらおうと思っていました。

青　子規は最初から俳人になろうとしたわけでないのはご存じですか？

俳　えっ（絶句）

青　彼は東京帝国大学まで進学したエリートで、「末は博士か大臣か」と謳われた立身出世を歩む士族。父が早世したため一家を背負う長男で、大学を卒業して社会的地位や収入、名誉を手に入れねばならなかった。文学者など論外！　と郷里の親戚たちは思っていたはずです。

俳　うっそおー。

青　子規は文学者として有名ですが、松山藩士族というのが大きい。親藩の松山藩は幕末の長州征伐（⑥）で攻め入ったりしたので明治の薩長閥に冷遇されます。松山藩出身者が中央で活躍するのは難しく、また没落した士族階級は食べていかねばならず、でも商売や農作業も出来ない。そこで松山藩が考えたのが……

俳　ええじゃないか運動？

青　幕末に民衆が「ええじゃないか」と踊り狂った謎現象ね。違いますよ、全てを忘れて恍惚境に入ってどうするんですか。松山藩は若者に教育の機会を与え、ある程度実力を活かせる学歴社会で勝ち抜けるよう後押しするんですよ。奨学金を設けたり、東京に寄宿舎を建てたりとか。

俳　あ、知ってる。鳴雪さん、そこで子規さんと知り合うんですよね。

青　よくご存じですね。年長の内藤鳴雪（⑦）は宿舎監督で、入舎してきた子規から俳句を教わるようになり、後に子規派として活躍します。鳴雪や高浜虚子、河東碧梧桐《へきごとう》も士族ですし、子規派は「松山藩士俳句革命派」の雰囲気が強かったんですよ。

俳　政治では負けたが俳句では負けぬ、革命だオラァァ！　という感じですかね。今の私たちが思う以上に政治と文学が近かったんでしょうか。

青　ええ。後に子規派初の俳誌「ホトトギス」を創刊した柳原極堂《きょくどう》も松山藩士族で、政治運動をしながら新聞社に勤め、言論活動・政治改革・俳句革新が一致した知識人でした。

俳　武士というと刀！　刀剣乱舞！というイメージが強く、学校では「明治から近代」と学ぶので明治時代に武士が消えた印象がありますが、子規さんたちも士族で、松山藩の誇りも強かったんですね。ちなみに私のとうらぶ推し（⑧）は和泉守兼定。新選組の土方副隊長の差料よ。

青　銘刀をキャラ剣士化したゲーム……ファミコン世代の私には異次元。子規たちは松山藩出身ゆえに薩長閥への反感もあり、国のためにという士族意識も強く、それが松山から在野の文学関係で頭角を現す子規派や軍人の秋山兄弟が輩出した要因かも。ちなみに私の推しキャラは蛍丸。

■幼少時の子規

俳　せ、先生も刀剣乱舞も？　いいですね、語り合いましょう！

青　で、子規に戻ると、士族は幼少時から儒学や漢詩文を学びますが、子どもの子規は勉強が出来たとか。

---

⑥長州征伐—朝敵とされた長州藩が幕府追討軍と戦った内乱。長州藩が勝利し、幕府瓦解の要因となった。

⑦内藤鳴雪（1847～1926）—本名は素行《もとゆき》。教育関係や文部省関連の仕事に携わった経験を買われ、常磐会宿舎監督になる。子規派以外の人脈も広く、宗匠らとも隔てなく交際した。

⑧とうらぶ推し—ゲーム「刀剣乱舞」のプレイヤー推薦の好みの男士。ちなみに和泉守兼定は短気で実戦的。蛍丸は阿蘇神社の宝刀で、ゲームでは小さな男子キャラ。現実世界では太平洋戦争時に行方不明になった。

お母様の八重《やえ》のパパが儒学者の大原観山《かんざん》（⑨）で、私塾を開き、孫の子規も通います。飲みこみが早いので観山は教えるのが楽しく、それに可愛かったので断髪を許さず、子規は丁髷姿で小学校に通ったそうですよ。

俳　とうらぶを爽やかにスルーしてチョンマゲ子規さんに行きましたね……可愛かったので断髪禁止？　お祖父様のコスプレ趣味ですか。

青　維新後は断髪の洋風髪型が流行りますが、観山は孫の子規に武士の自覚を持て、と断髪させなかったんですよ。でも、学校で「やーい、まげ」とからかわれ、やむなく断髪。

俳　古い世代の押しつけね。私も曾祖父に防空壕の飛び込み方や食べる野草の見分け方とかやらされたわ。

青　子規の場合とだいぶ違うような……あと、子どもの頃の彼は泣き虫で、よくいじめられたらしい。

俳　うおお、そいつら引っ張り出してこい！　身動きできないように仰向けに縛り付けて一枚ずつ濡れた薄布を顔に被せていって（以下略）

青　ス、ストップ！　映画『西太后』の処刑じゃないですか（⑩）。怖いからやめて下さいよ。お母様の八重さんによると、幼少の子規はヘボで、身体が弱く、丸々として弱虫でよく泣かされたので鬼ごっこや縄跳び等の遊びはあまりせず、妹の律《りつ》さんが敵討ちをするほどだったとか（⑪）。

俳　お母様……。

■文学好き

青　一方、幼少から親しんだ漢詩文は好きで、友人同士で回覧雑誌を作って自作の漢詩文を発表し、互いに評し合ったり、編集を担当したりとインドア活動は好きだったようです。

俳　さすが子規さん、早い時期から文学好きだったのね。

青　子どもの頃に漢詩文を身につけたのは大きい。後の切れ味鋭い俳論を書く土台になり、逆に数学等をきちんと勉強しなかったので上京後の学校で数学や英語に苦しむ遠因になります。その彼は中学校に入ると自由民権運動に影響されて演説したり、東京に行きたいと熱望し始める。松山は土佐が近く、民権運動に影響を受けた士族が多いんですよ。

俳　ム？　回覧雑誌までは分かりますが、土佐にかぶれた子規さんが自由民権運動を興して演説しながら東京行きとはどういうことでしょう。

青　伝言ゲームみたいな妙な縮め方をしないように。薩長閥の中央集権国家像に反対し、四民平等的な自由民権を実現！　と土佐の士族が中心になった運動で、各地で演説をして流行したんですよ。後の子規の俳句革新は西洋に負けないよう自国文化を再建せねばという士族的な使命感が強いので、10代の彼が民権運動に感化されたのは興味深いですね。

俳　今の私たちは子規さんを文学者と捉えがちですが、基本はサムライ子規さんという感じでしょうか。でも、なぜそこまで東京に行きたがったんですかね。都会への憧れ？

青　むしろ立身出世的な向学心や好奇心の強さでしょう。勉学が出来た彼は首都で最新の政治動向や学問等を吸収したかった。自由民権運動や国会開設等、時代が動いている時に松山でのんびりできぬ！　と叔父の加藤拓川《たくせん》に直訴し続けた結果、やっと認められて東京に旅立つわけです。

俳　叔父の加藤さん？

青　子規の母の八重さんの弟で、外

⑨大原観山（1818～1875）―松山藩士、儒者。藩校明教館教授を務めた。

⑩『西太后』―1983年の中国映画。史実か否かは別として複数の処刑法が登場し、俳子が語るのはその一つ。仰向けにして手足を縛り、濡れた布を一枚ずつ顔に被せ（以下略）

⑪八重の回想は子規が亡くなった直後の「母堂の談話」（明治35）で紹介。幼時の子規像がうかがえる。

交官や貴族院議員等を歴任した方です。土佐の中江兆民《ちょうみん》にフランス語を学び、第一次世界大戦後の講和会議にも出席しました。その彼が東京にいて、甥の子規の上京を許した後、色々と援助します。特に大きいのが子規に陸羯南《くがかつなん》を紹介したこと。

俳　おお？　確か子規さんが尊敬した新聞社の方だったような。

青　ええ。羯南は日本新聞社社長で、賊軍の弘前藩士。加藤拓川とは司法省法学校以来の親友で、羯南は大学中退の子規を雇い、後々まで庇護者的存在になります。日本新聞社は保守的改革派ナショナリスト士族集団で、欧化主義の政府を批判して発行停止を何度も喰らっており、その「日本」に子規の選句や重要な論が発表されたんです。その点、俳句革新は御一新後に薩長閥から弾かれた在野の憂国サムライたちの運動の一つ、と捉えた方がいいかも。陸羯南や子規はともに賊軍側の士族ですしね。

■文学者の道

俳　子規さんや「日本」のイメージが変わりました。チェストォォォ！と激しい感じなんですね。

青　それは薩摩示現流《じげんりゅう》の気合の声なので子規や羯南たちの霊前で言わない方がいいような。で、子規は16歳の時に上京、藩主久松家の給費生として東京で暮らし、宿舎に入って帝大に進学した経歴に加え、父を亡くした正岡家長男として母の八重さん、妹の律さんを養い、また松山藩の汚名を晴らすには大学を卒業する必要があった。天下無用の文学者など以ての外で、間違っても貧乏士族がハマる稼業でなかったのは確か。

俳　ガーン……子規さん、全然順風満帆じゃないのね。でも、それならなぜ文学者に？　かえって疑問。

青　そこです！　上京した子規は帝国大学に入るための予備門に合格し、帝大本科にも無事入学できましたが、明治25年（1892）に中退を決意してしまう。一番の理由は……

俳　ああ分かった！　喀血ウウウ！

青　結核をそんな嬉しそうに言わなくても。子規は明治22年（1889）頃に大量の喀血《かっけつ》をして結核が判明します。勉強意欲が一気に薄れ、悠長に授業を受けて卒業するより小説で名を揚げよう！　と執筆し始めました。

俳　小説？　俳句ではなくて？

青　幸田露伴《ろはん》の小説⑫に感動し、自分も書きたいと思ったようです。俳句はそれ以前に三津浜の大原其戎《きじゅう》という宗匠に習ったり、俳句分類⑬も始めていますが、最も憧れたのは小説家。

俳　なのになぜ俳人に？

青　小説家になろうとして失敗したんですよ。一生懸命書いた小説『月の都』を幸田露伴に見せたところ、ダメ出しされて出版を断念。

俳　うそっ、小説ダメだったの？

青　全然ダメ。自信家の子規はショックで、俺は俳人になるぐらいしかないのか……と落ち込みます。

俳　話を盛っているでしょ？

青　松山にいた虚子や碧梧桐との手紙のやりとりからすると相当な傷心だったようです。俳句にハマっていたのも事実ですが、なりたかったのは小説家。東大卒業のエリートの坪内逍遙《しょうよう》が『当世書生気質』を発表し、露伴や尾崎紅葉ら若者たちも洋風小説を発表して話題になっていました。旧態依然とした俳句は隠居老人がひねる手すさびで、最新の西洋流小説

---

⑫子規は露伴『風流仏』（明治22）に感銘を受けたという。当時の露伴は人気作家で、『五重塔』（同24～25）は虚子や碧梧桐らも愛読した。

⑬俳句分類―室町期～江戸期の全発句を季語や表現別に分類しようとする壮大な研究。子規はコツコツ続け、分類ノートが背丈を越えるレベルまで続いた。

の方が眩しかったんですよ。

俳　結核の上に小説家失敗なんて、不憫すぎる…子規さああんっ（嗚咽）

青　き、気を落ち着けて（慌てる）

俳　（ケロっとして）嘘泣きですよ。浴衣姿の皆さん、何で口を開けてこちらを見ているの？

青　そりゃ見ますよ、道後温泉で髪を振り乱して「子規さんっ」と泣き叫ぶんだから。浮霊したイタコじゃないんだから、驚かせないで下さい。

俳　私、浮霊したことなんてありません。（怒）

青　そこに引っかからなくても。

■漱石との交流、退学

青　あと、子規が学業意欲を失ったのは勉強が出来なかったのも大きい。

俳　傷口に岩塩を塗るような方ね。子規さんをまだ責めるなら、先生の上半身をカルパッチョにしますよ。

青　微妙に怖いのでお断りします。松山ではエリートでも、大学予備門や帝大には秀才が集まる上に授業が難しい。子規は数学が苦手で、地道な勉強を軽蔑して下宿で文学書を読む日々。学校では教員が英語で幾何学を教授するので合格するはずがない。英語はそれなりに出来ましたが、同級の夏目金之助はもっと出来たり、難解哲学書を読破する同級生もいて「これは勝てぬ」と感じた節があります。子規は哲学科に入学しましたが国文科に転科したので、思想や哲学は向かないと感じたようですね。

俳　漱石さん！　そういえば、子規さんとはどこで知り合ったんですか。

青　明治22年（1889）頃、共通の趣味だった寄席の話をきっかけに仲良くなり、漱石が英語も漢詩文も上手なので子規は語るに足る友人と認めたようです。子規はプライドが高い上に社交的でなく、認めた相手でなければまともに話さないタイプで、漱石はお眼鏡に適ったみたいですね。

俳　子規さんがそんな人とは思えま

せん！　ブーブー。

青　子規はお山の大将型士族で平民出身の漱石を下に見ることもあり、漱石はイヤだったようですね。二人は書簡のやりとりで文学論を戦わせたりしますが、子規は上から目線が多く、漱石は丁寧に対応しています。

俳　ドラえもんのジャイアンと出来杉君のような感じかしら。

青　子規はジャイアンほど粗暴ではなく、ブラック・ジャック的な非社交型偏屈凄腕知識人の方が近そう。

俳　じゃあ漱石さんがピノコ？⑭

青　「こころ」の作家があの可愛い服を着るかと思うと時空が歪むのでやめて……漱石は授業をサボる子規を心配し、追試を受けられるように奔走したりと割合常識人です。

俳　でも子規さんは中退しちゃった。漱石さんは卒業できたんですか？

青　英文科を無事卒業。特待生になるほど好成績だったので子規と対照的ですが、結核に罹った子規は戦意喪失感が凄い。で、中退後の子規は日本新聞社の世話になり、郷里の家族を東京に呼び寄せます。ただ、文学者や新聞社員は名誉や高収入から遠く、常識人は選ばない道でした。

俳　え、漱石さんは後に新聞社で小説を書いていますよね。それに文学で身を立てるなんてステキ。加齢臭と中年太りの冴えない窓際族になり、家庭で粗大ゴミ扱いされる働き蟻人生よりずっといいわ。

青　そんな切ない括り方、地球上の中年男が哀しみますよ。漱石が帝大教授から朝日新聞社に転職して小説家になったのは異例。当時は新聞社のイメージも悪く、素性の知れない怪しい組織と思われた時代です。それに文学など今も昔も食べていけない。明治期は印税もほぼないんですよ。

⑭ピノコ―手塚治虫の漫画『ブラック・ジャック』の主人公、ブラック・ジャックの相棒役の少女。

俳　うそっ、今も文学者は食べていけない……私、専業俳人になる予定なんですが。（やや白目）

青　幽体離脱しかかっていますが、大丈夫ですか。子規は新聞社員になったものの、俳句や文学に詳しいだけで政治経済に通じているわけでもない。折しも日清戦争が勃発して戦時報道が連日紙面を飾り、社員が大陸に渡って従軍記事を載せる中、何もできない子規は悶々とし、ついに死を覚悟して従軍を決意します。

俳　あ、知ってる。碧梧桐さんや虚子さんに遺書を渡したんですよね。

青　そう。結核の身で従軍記者として大陸に渡るのは自殺行為で、周囲は止めますが、子規は藩主久松家拝領の刀を握り遺影を撮って旅立ちます。新聞記者として活躍したい、国家存亡の危機の役に立たねば！　と士族的使命感に駆られたわけです。

俳　イヤな予感。子規さん、大丈夫？

青　ダメ。大陸に渡るや戦争は早々に終結して記事すら書けず、帰国途中の船で大喀血。危篤状態で神戸の病院に搬送されてしまいます。

■俳人子規、誕生

俳　なるほど、それで神戸から松山に戻ってきたんですね。

青　ええ。明治28年（1895）、松山中学に英語教師として赴任していた漱石の下宿に子規が転がりこんで同居します。子規は下宿先で句会を日夜繰り広げ、漱石のお金で鰻重を取り寄せたりして療養し、復調後に東京に戻りがてら奈良に寄り、**〈柿くへば鐘が鳴るなり法隆寺〉**（同28）と詠んだりして東京に到着しますが、翌年に脊椎カリエスが発覚。結核が分かってからも無頓着だった上に従軍記者の無理が祟り、最悪の展開に。

俳　確か腰や足の骨が溶けるんですよね。ゾッとするわ。

青　余命は数年、早晩足腰が立たなくなる。子規が心底ショックだったのはこの時で、「俳句しか残されていないのか」と悲愴な決意を固めます。プライドも人一倍高かった彼からすると挫折と失意続きに感じられたのかも。さらに彼を絶望的にしたのが、俳壇が自分の論や句を相手にせず、旧来の価値観のまま年配の人気宗匠がもてはやされる状況で、この頃からプツッと切れるんですよ。

俳　あれ、その頃の子規さんは『獺祭書屋俳話』⑮をすでに発表して俳句革新を始めていたのでは？

青　と、今の私たちは思いますが、考えてみて下さい。20代の新聞社員が突然、「今後の俳句はこうだ！」と宣言したところで、大御所が「仰せのままに」と従うと思いますか？

俳　うーん、微妙かな……「口は達者なようだが、もう少し修行しなさい」とか軽くあしらわれそう。

青　子規は『芭蕉雑談《ぞうだん》』⑯で俳壇の重鎮が神と崇めた芭蕉を「大したことない」とバッサリ斬り、「句をよく読みもせず芭蕉を崇拝する宗匠はバカ」と公言します。その道何十年と頑張った宗匠が自分たちを否定する青年に良い顔をするでしょうか？

俳　でも、宗匠たちがダメだから子規さんは指摘したんですよね。正しい子規さんの何がいけないの？

青　そうだとしても、否定された宗匠はイヤですよね。だから子規を存在しないものと見なしたわけです。

俳　ひどい！　のけ者にするなんて。先生、何とかしなさいよ。

青　そんなムチャな。子規はついに

⑮『獺祭書屋俳話』—明治25年に「日本」連載。俳句革新の端緒とされるが、まだ穏健な内容。江戸俳諧の豊富な知識が見られ、子規が俳諧を相当研究していた形跡がうかがえる。

⑯『芭蕉雑談』—明治26～27年に「日本」連載。俳聖芭蕉を否定した過激な論で、実質的な俳句革新はここから始まった。

癇癪を爆発させ、「お前達こそ存在しないんだ、俺が俳壇だ！」という勢いで大物宗匠を名指しで「月並」「二流以下」と公然と批判し始めます⑰。その点、子規は結核、大学中退、小説家断念、従軍記者失敗、俳壇から無視、カリエスで足腰が立たず余命数年、漱石から借りたお金を返さない等々を経た八方塞がりの中で俳人子規になったといえます。

俳　スター街道まっしぐらじゃなかったのねえ。（しみじみ）

■俳人子規の悲壮感

青　そうなんです。「小生はいよく自棄《やけ》なり。文学と討死の覚悟に御座候」「われ程の大望を抱きて地下に逝く者はあらじ」⑱。

俳　えっ。先生も逝ってしまうんですか。南無阿弥陀仏。

青　違いますよ、子規の書簡です。彼の過激な論の裏には悲壮感があったんですよ。しかも子規は虚子に後継者を依頼するも断られ、錯乱状態に陥る出来事も起きています⑲。子規に失うものなどなく、ただ必死。だから人気宗匠や俳壇全体を全否定して「我らこそ新時代俳人！」と啖呵を吐けたんですよ。その迫力は幕末の高杉晋作あたりに近いかも。

俳　確か長州藩の方ですよね。司馬遼太郎さんの小説で読みましたが、ハチャメチャだった気が⑳。

青　ええ。20代前半の結核の若者が百人弱で長州藩のクーデターを成功させたり、幕府軍の艦隊に一隻で夜襲して勝ったり。運が良いでは片付けられない、必然性を伴った理不尽な超強運タイプで、子規も似ています。全国の俳句界を相手に数十人の子規派だけで立ち上がり、「我らが俳句、お前らは全員引っ込め！」と大御所全員とその組織全てを敵に回し、後に子規派が完全に勝利するなんて現代では考えられない㉑。

俳　そうか、子規さんを現在に置きかえると凄そう。各協会のお歴々や有名俳人、総合誌や結社誌も全部「月並」と否定し、自分たちはネットや『ダ・ヴィンチ』あたりで句を発表して「これぞ新時代！」と見得を切る感じでしょうか。全国的な俳人さん全員を敵に回すなんて……コワイ。

青　古俳諧を相当勉強し、俳句の本質を掴んだと自負するのに誰も耳を貸さず、人気宗匠は旧弊の価値観の中で安穏と暮らしている。相手にされない私憤に加え、西洋に植民地にされかねない危機感の中、俳句を西洋流文学として再生せねばという公憤も混じった革命感が明治29年前後から漂い始めます。子規が「俳人子

---

⑰「俳句問答」―明治29年に「日本」連載。Q&A式の論で、東京の著名宗匠について聞かれた子規が月並と全否定。批判された宗匠が「新聞記者に俳諧は分からぬ」と反論した。

⑱「小生はいよ〳〵自棄〜」は明治28年、虚子に後継者を断られた直後の五百木《いおき》飄亭《ひょうてい》宛書簡の一節。「われ程の大望を〜」は同29年に脊椎カリエス発覚後の虚子宛書簡の一節。どちらも切ない。

⑲余命が短く、革新半ばに倒れることに焦った子規が道灌山（東京）に虚子を呼び出し、自身の大野心を継承してほしいと懇願したところ、虚子は荷の重さに断ったという出来事。「道灌山事件」とも呼ばれる。

⑳司馬遼太郎が描いた高杉晋作像は、『世に棲む日日』（昭和44〜45）等が有名。晋作の弟分だった伊藤博文は、後に「動けば雷電の如く、発すれば風雨の如く……」と評した。

㉑明治期の革新運動から昭和初期に「ホトトギス」が俳壇そのものになるまで僅か30年ほど。子規派と宗匠らの勢力関係が完全に逆転しており、俳句史でも類を見ない。

規」になるのはこの頃なんですよ。

俳 それだけ聞くとカッコイイですが、病人子規さんを考えると痛々しい。パンク・ロックのジョニー・ロットン的破れかぶれ感にも近い？

青 お、懐かしい。イギリスのセックス・ピストルズのボーカルね。アイルランド系移民の下層階級でイギリス人にいじめられて学校を退学して不良になり、女王陛下在位記念の年に「女王はアホ、イギリスに未来はない、下層階級の俺らこそ未来！」と歌って大ヒット。国中のスキャンダルになったという㉒。当時、ロックスターは華やかな服を着た非日常の存在でしたが、ロットンはボロボロの服で下手な歌をがなり立て、イギリス全土に「No Future!」と叫んだ。子規もそれに近い。「俳諧は風流でなければ」と信じられた時代、「写生」というリアルで平凡な日常を詠むことを提唱して全俳壇を否定した。二人とも従来の価値観を瞬時に転覆させましたが、追い詰められ、傷付いた才人の悲壮感があります。

■連句否定

青 その子規が最高に過激だったのは、連句を葬ったことでしょうね。

俳 連句？　Aが五七五を詠んだらBが七七をつなげて、と数人で詠むヤツですよね。したことないなあ……機会がないですし。

青 子規が否定したからなんですよ。彼が「連俳は文学に非ず」㉓と断言した後、五七五で完結する短詩だけが文学になったんです。

俳 別にいいんじゃない。空は青いし、ベランダのシャツも風になびいていい天気だし。

青 完全に関心がないことを白昼夢じみた設定で伝えてこないように。連句は一句ごとに式目（ルール）があり、何句目で「月・花」を詠まねばとか、同じ素材を詠み続けてはダメと約束事がある。子規は式目なぞ筋もなく無意味、それに共同作業も文学ではないと一蹴し、個人が詠みたいと感じたありのままを詠むのが俳句と宣言しました。でも、江戸期は連句こそ俳諧だったんですよね。

俳　む、連句の方が一句ものより価値が高かったんですか？

青　そう。芭蕉たちにとって「俳諧」は連句を意味し、それに芭蕉は付合（前の句に付けて詠むこと）に自負を抱き、発句では他俳人に負けるやもしれぬが付合の妙味は我こそと思った節がある。連句をきちんと巻けるのが俳諧師で、明治期の宗匠もそう信じていました。発句のみ文学と見なす子規の論は暴論でしたが、当時の常識だった芭蕉崇拝と連句優位を強引に否定して旧来の俳句観と手を切り、完全に新しい俳句観を創出しようとしたわけです。

俳　子規さんのことだからきちんと調べて論を書いたのでは？　俳句分類とかして勉強家だったんですよね。

青　子規は連句に関しては完全素人。子規は室町連歌や江戸期の芭蕉、蕪村の連句の凄さを知らずに否定しました㉔。その野蛮な断言が新俳句を創造したのですから、子規の独断と偏見には時代精神になる力が備わっていたとしか思えません。

㉒セックス・ピストルズ―1970年代のイギリスのバンド。メンバー全員が下層（労働者）階級で、「God Save The Queen（女王陛下万歳）」は実質一位を獲得。歌詞や言動、ファッション全てが反体制的と騒がれ、パンク・ロックのスターになった。

㉓「連俳は文学に非ず」―子規『芭蕉雑談』に見える一節。

㉔室町期の宗祇らの連歌「水無瀬三吟」「湯山三吟」、また江戸期の芭蕉門による『猿蓑』『炭俵』所収の歌仙（連句）は韻文史上の大傑作。式目や古典和歌、漢文の美意識を踏まえて読むとその凄さがよく分かる。

■写生とは？

青　子規の凄さは他にもあるのですが、ここでクイズ。彼が俳句を文学に変革しようとした時、いかなる発想を軸にしたでしょう？

俳　私を誰と思っているのかしら？

「写生」よ。ありのままを詠むという発想ですよね。

青　お見事、賞品は石手寺《いしてじ》フリーパス券です！（拍手）

俳　やったあ、って、石手寺はいつもフリーパスやないですか！　適当なこと言うてると門前の名物焼餅を口に詰め込んで来島海峡の渦潮で洗いざらした後、労研饅頭《ろうけんまんとう》に練り込んで八鹿《やつしか》踊りするぞゴルァ！㉕

青　愛媛の名物を並べただけで、しかもガラが悪い……俳人たるもの、品格を目指しましょうよ。で、俳句革新で中心となったのは「写生」ですが、なぜ「ありのまま」を重視したかも考えねばなりません。私たちは意外に現実を見ずに、都合の良いイメージで世界を見ている。「○○といえば○○」と自分の知識や思いこみを当てはめて世界を捉えがちです。俳子さんはローマ帝国のカエサルをご存じですか？

俳　ローマの猿ですよね。

青　いや、猿じゃなくてローマ皇帝。彼はこんな一言を遺しています。「人は自分の見たいものしか見ない」。

俳　小猿のクセに深いのね。

青　カエサルを小さくしないで下さい。俳句も同じで、多くの人は自分の都合のよいイメージや俳句観を無意識に現実に当てはめがちで、自身のイメージに沿えば良い句、沿わない句はダメと判断しますが、自身の価値観の偏り自体を考えたことはない。逆に、俳句らしさを覆すのが俳句とばかりに新奇な表現や内容ばかり追い求めるのも一種の固定観念に捕らわれている。

俳　自分の固定観念やイメージから逃れるのは不可能……？

青　だから子規は現実に意識的であれ、と述べるわけです。固定観念や先入観で「〇〇といえば〇〇」と決めつけず、目の前の現実の多様さ、訳のわからなさに敏感であること、つまり自分の肌で感じたり、見たりした現実には思いこみやイメージに収まらない何かがある、そのズレや驚きを重視しろということですね。

俳　百聞は一見に如かず？

青　近いかも。通り一遍のイメージに沿った俳句など面白くもない、予定調和からはみ出たズレや不可解な「現実」を発見して興がるのだ、その時のリアルな感触やユーモラスな姿こそ常識や先入観を揺さぶり、臨場感あふれる何かが句に宿る、というのが「写生」なんですよ㉖。

俳　ふむふむ。（メモ）

青　次のようにも言えるでしょう。**「写生」は現実のありのままを見る認識というより、現実に遭遇することで先入観やイメージが揺さぶられた瞬間の驚きを重視する認識なのだ……と。**（遠くを見つめる）

俳　キマッたというお顔で目を細めていますが、ここ、道後温泉よ。

青　たまにシリアスな表情もいいかと思いまして。子規は論のみならず句作でも「写生」を実践しました。例えば、**〈春風にこぼれて赤し歯磨粉〉**（明治28）と卑近な歯磨粉を詠んだり、**〈畦道の尽きて溝あり蓼《たで》の**

㉕焼餅は石手寺の名物お焼き、来島海峡は今治市付近の急潮流で、渦潮がよく見られる。労研饅頭は松山に戦前からある餡なし饅頭、八鹿踊りは南予地方の踊り。

㉖これら「写生」の特徴は、子規没後に「ホトトギス」を率いた高浜虚子の選句欄で次々に傑作を生むことになった。〈風呂の戸にせまりて谷の朧かな　石鼎〉〈流燈や一つにはかにさかのぼる　蛇笏〉〈夏草に汽罐車の車輪来て止る　誓子〉〈ひつぱれる糸まつすぐや甲虫　素十〉等々。

花〉（明治28〔1895〕）と無風流で平凡な風景をヒネらずに淡々と詠む。俳句らしさや伝統的な風流から外れたとしても「私」の現実はここにある、その小さな手応えやささやかな良さを確かに詠むのが文学だ！　という感じですね。

俳　さすが子規さん！　有言実行のサムライよねえ。歯磨粉がこぼれた赤さを「春風」と取り合せた新鮮さや、俗すぎて詠まれなかった歯磨粉を下五に置いて堂々と締め括るのもユーモラスかも。溝の中の蓼の花を見つめる感じもシブく、寂しい感じもしますが、何でそんな景色を見ているの？　と少しズレているところに無意識のユーモアもあるような。それに子規さんの句は思った以上に地味ですね。華やかでないというか。

■子規の他の句

青　子規句の微妙なユーモアや地味な作風によく気付きましたね。こういう子規句が傑作かどうかより、それらを俳句として発表したことに周りが驚いたんですよ。「歯磨粉や平凡な風景を詠んでも句になるのか」と。梅や紅葉などの風流な景色や俳句らしさに沿わずともよい、畦道の尽きた先の溝に咲く蓼の花といった地味な風景をヒネらずに詠む子規に周囲の俳人は瞠目したわけです。

俳　先生、先ほどからヒネる、ヒネらないと仰りますが、何ですかね。よく使う「ひねこびた」「モルヒネる」あたりと違う気がしますが。

青　「ひねこびた」はそう使いませんし、「モルヒネる」なんて語彙は存在しないような……例えば、子規の**〈若鮎の二手になりて上りけり〉**（同25）は当時の俳句観からするとヒネっていない。子規と同時代の宗匠俳誌を見てみましょう。**〈若鮎の瀬にさからうて登りけり〉〈きらきらと月夜を昇る小鮎哉〉**（ともに「俳諧明倫雑誌」同25）。若鮎が川を上る力強さや美しさを「瀬にさからうて」「月夜を昇る」と強調して見立てるのが腕の見せどころ&ヒネリどころなわけです。一方、子規は「二手になりて上りけり」とほぼ事実報告で終えるので、宗匠からすると「二手に分かれて上がって……それで？」となる。宗匠としては「二手になりて〜」からさらにヒネるのが俳句で、風流な詠みぶりとなるわけです。

俳　そうか！　そのヒネリを加えてしまうのが「月並」ね。賢者は詠むべきことがあるからヒネらずに詠み、愚者はヒネらずにいられないからとりあえずヒネる、と㉗。

青　プラトンの格言を応用しましたね。それに近い感じで、宗匠たちは頭の中に「これぞ風流」と先入観があり、それに沿って若鮎らしさをヒネって強調するのがプロと信じたのに対し、子規はヒネる必要なぞない、若鮎の風情が一幅の情景として黙って伝われればそれでよい、という発想。宗匠からすると子規句は素人の「ただごと」となり㉘、かたや子規からすれば宗匠らの句は「風流でしょう？」と読者に押しつけるイヤミな「月並」となるわけです。

俳　なるほど。子規さんと宗匠さんでは俳句観の土台が違うんですね。

青　その点、子規句はイヤミがないので今も読めるんですよ。例えば、**〈柿の花土塀の上にこぼれけり〉**（同28）。柿の花のこぼれる先を「土塀の上」と示して絵画的構図を作り、あっさり詠んでいる。初夏が過ぎた頃のくすんだ土塀にこぼれ落ちる柿の花、その黄色がかった白い花弁のささやかな鮮やかさが脳裏に浮かべば良いという句です。一方の宗匠た

㉗元は「賢者は話すべきことがあるから口を開く。愚者は話さずにはいられないから口を開く」。

㉘当時の宗匠の批判語。「素人」と同義。

ちは……**〈気のつけばこぼれ盛よ柿の花〉**（「俳諧明倫雑誌」明治24）。気付けば春も過ぎ、梅雨どきになった季節のうつろいを私は地味な柿の花の盛りから感じます、という句。

俳　「気のつけば」がヒネりどころ、と。「私は風流な着眼点や詠み方を知っていますよ」とアピールするのが「月並」臭なんですねえ。

青　その通り。子規の句にはそういう意味でのイヤミがない。**〈夕焼や鰯の網に人だかり〉**（同28）**〈夏嵐机上の白紙飛び尽す〉**（同29）等、眼前の風景にひととき見入る「私」のまなざしが何気なく漂っている。どこにでもある風景、でもその平凡な風景に惹かれた時の小さな感動や驚きを描写に溶けこませ、黙って示す。それが子規流「写生」なわけです。

■病床の子規

俳　「写生」が分かってきました。先の子規さんの句群のように「鰯の網」「夏嵐」を詠んだ作風は、たぶん当時は珍しかったんですよね。

青　その通りで、仮にあっても高く評価はされなかった。だから子規の作品や選句は斬新だったんですよ。ところで、子規が俳句に真剣に打ちこんだのは明治25年〜31年頃の約6年間で、しかも明治29年頃から病状が悪化して寝たきりが続き、外出時には人力車に乗ったりと、彼の革新運動自体は短期間でした。

俳　だから革命児の子規さんなのでしょうが、そんなことより！　研究対象がそんな早い時期から苦しんでいるのに先生は慚愧《ざんき》に堪えないんですか？　鬼！　キョンシー！！ ㉙

青　ムチャな雑誌の上に死体妖怪呼ばわりしなくとも。寝たきりの子規は腰やお腹に穴がいくつも空いて膿が出始め、その膿を取るのが激痛、寝返りを打っても激痛。しかも高熱にうなされる中、上半身をムリに起こして肘を付いて執筆し、徹夜で書きまくる。病臥のカリエスの身であれほど膨大な執筆をこなすのは異常です。「もはや熱が出ているのか昂奮し過ぎているのか分からん」㉚と言いながら『俳人蕪村』で蕪村を芭蕉より高く評価して新機軸を打ち出し、和歌の革新にも乗り出して歌壇が絶対視した古今集や紀貫之を全否定して日本中の歌人から批判を浴びる。俳壇、歌壇全てを敵に回して臆さず、子規派だけが輝かしいと見得を切り、文章革新までやり始めます。その子規の論や作品に共鳴する青年たちが続々と現われ、僅か数年で全国各地に子規派の集まりが出来、俳誌が刊行され始める。その中心に居たのが寝たきりの病人ですよ。

俳　(((;゜Д゜)))

青　獅子奮迅の活躍の一方、自分の墓碑銘も考え、「正岡常規（略）日本新聞社員タリ明治三十〇年〇月〇日没ス享年三十〇月給四十円」と〇に数字を入れて完成とし、あまりの苦しさに自殺を始終考える。当時、ロンドン留学中の漱石に「僕ハモーダメニナッテシマッタ　毎日訳モナク号泣シテ居ル」と記したように憚らずに泣き喚き、看病してくれる妹の律さんに癇癪《かんしゃく》を起こしたり、美味いものが食べたいとわがまま一杯。そうしなければ生きていけないほど苦しかった。虚子が気を利かせて病床の部屋の障子をガラス戸に変えると、外が見えると子どものように喜び、ある時は皆からもらった小遣いを財布に入れ、天井から吊して「何を買おうか」と想像を楽しみながら激痛

㉙キョンシー―中国版ゾンビ。1980年代に映画等で流行した。最近はゲームのキャラとして人気がある。

㉚明治31年の虚子宛書簡に同内容のくだりがある。今日は暑いと思ったら38度7分の熱があったらしく、「どんなに身体が衰弱しても精神は興奮してゐる」とある。凄い。

をやり過ごす。そんな病臥のある日、子規の見舞いに友人や従兄弟の三並《みなみ》良《はじめ》らが図らずも集い、子規も機嫌がいい。皆でひとしきり談じあった後に三並良が暇乞いをして立ち上がると、子規は泣き喚いたとか。

俳　（目に涙をためている）……どうして？

青　回想録を読んでみましょう。『良さん！』突然先生の叫び声が聞えた。同時に先生は声をあげて泣き出した。僕等は只々驚いてどうしたのかと怪しむばかりであつた。三並氏は棒立になつたまゝ動かない。一座は全く悽然《せいぜん》としてしまつた。すると先生は泣きながら言つた。「もう少し居ておくれよ。お前帰るとそこが空つぽになるぢやないか」。これですつかり解つた。同人靄々として団欒《だんらく》して居たものが、一人でも欠けると座敷が急に穴が空いたやうに調和が乱れる。それが先生には堪らない苦痛であつたのだ。三並氏は座に復した。ものの十分も経てから先生は晴やかに言つた。『もういゝよ良さん。帰つてもいゝよ』。三並氏の眼鏡の底が涙に光つて居た」㉛。

俳　……えええええん（泣き崩れる）

青　子規が亡くなった時、お母様の八重さんは彼の肩を起こそうとし、「サア、もう一遍痛いというてお見」と強い調子で呼びかけながら泣いたそうです㉜。壮絶な晩年でした。

俳　（しばらく嗚咽、ようやく立ち上がる）……先生、心を痛めまくった私に優しい言葉もかけずに厳しい表情で突っ立っていますが、周りから見ると別れを切り出した中年男に納得できない女学生が泣き崩れた図にしか見えないと思いますよ。ここは道後、『坊っちゃん』のようにどこで誰が見ているとも限りませんぜ。

青　そ、それはいけない。えー皆さま、私は正岡子規、ご安心を。

俳　錯乱している……。

■批評家としての凄み

青　（気を取り直す）ひどい、落語『泣き塩』㉝みたいな動揺のさせ方をしますね。子規に戻ると、とにかく凄かったのは従来の俳諧と全く異なる価値観そのものを一代で創ってしまったこと、これに尽きます。その道数十年の宗匠らが「そういう詠み方はダメ」と頭から否定した作品を、子規は「これぞ新時代の句」と拾い上げて理論付ける。その批評眼、選句眼は唯一無比でした。

俳　分かった！　その時に見出されたのが虚子さん、碧梧桐さんですね。

青　その通り。子規が『明治二十九年の俳諧』㉞で称賛した〈**赤い椿白い椿と落ちにけり　碧梧桐**〉〈**住まばやと思ふ廃寺に月を見つ　虚子**〉等の作品は、彼以外は誰も優れた句と思わなかったでしょう。子規の凄みは句作の天才というより、従来と異なる俳句の価値観を丸ごと創出した批評家だった点にあります。

㉛佐藤紅緑の回想録『糸瓜棚の下にて』（昭和9）に見える。

㉜碧梧桐著『子規の回想』（昭和19）に見える逸話で、子規臨終前後の様子が詳しく描かれている。

㉝『泣き塩』―字が読めず、母が病気の若い娘に故郷から手紙が来たが内容が分からないため、通りすがりの侍に頼んだところ、その侍は無学ゆえ手紙が読めず落涙する。若い娘もともに泣き、それを見た周囲が叶わぬ仲と勘違いして勝手な噂をするが、実は……という噺。

㉞『明治二十九年の俳諧』―明治30年に「日本」連載。碧梧桐、虚子ら子規派の句を詳細に取り上げ、江戸期に存在しない新調と絶讃。碧梧桐の「赤い椿」句を小幅の油絵のような「印象明瞭」と評したのは有名。

俳　秀句を詠むだけが凄い俳人の基準ではなく、多くの句からどれを俳句と見なすかも大事で、子規さんはその目利きが凄かったということ?

青　今から見るとね。俳句は選句が重要で、というのも何が俳句か分からずに句作をしている俳人は多い。

俳　えー、そうかなあ。句歴数十年を誇っている方や結社主宰の先生とか、たくさんいらっしゃいますよね。

青　俳句らしさに浸る愛好者と、玄人の違いといった感じですかね。生花や歌舞伎、音楽や絵画、スポーツもそうですが、分かりやすいものや好き嫌いで満足する愛好者と、その道の玄人が見る凄さは違うことが多い。玄人は膨大な作品や体験を経て多様の発想や傾向があることを知り、歴史性や流行も踏まえ、実作者と鑑賞者の立場の違いも分かった上で、自分の好みの偏りを意識しながら作品の本質や価値を見抜く。その世界に長く居るだけでは目利きになれず、その点、子規は目利きとして突出した知識とセンスと強引さがありました。優れた句の存在と同じぐらい、その句の何が優れているかを指摘する選者や批評家が重要なんですよ。

俳　骨董の目利きとかですかね。素人が見たら不格好な器を、ズバッと本物の銘品！と見抜くような。

青　そうですね。数多の句群から「赤い椿」句を「印象明瞭！」と取り出した子規の力量は卓越していました。当の碧梧桐や虚子すら自作を秀句と感じなかったらしく、「のぼサン、凄いな」と他人事のように驚いたとか。「のぼサン」は子規の通称が升《のぼる》なので、その愛称ですね。

俳　それ、凄いことでは?　本人も気付かない作品の可能性を子規さんが見抜いて論じたんですよね。

青　子規は古典俳諧をもの凄く勉強しつつ帝大等で西洋諸学問や芸術を見知っていたこともあり、俳人が思いもよらない角度から作品の可能性を広げられた名手でした。そもそも、碧梧桐句を称賛した「印象」という語彙は西洋心理学の学術翻訳語で、当時の一般人や宗匠らは知らない言葉。帝大レベルの新知識人でなければ理解不能で、西洋の現代思想を日本の俳句に一気に当てはめた力業が子規の凄いところでした。その子規に礼讃された碧虚コンビは突如有名になり、子規派の若手スターとして活躍し始めますが……

俳　知ってる！　二人は俳句観の違いで衝突するんですよね。碧さんは新傾向俳句、虚子さんは守旧派。

青　よくご存じですね。碧虚コンビの人生も波瀾万丈で面白いのですが、それをやるとここで一週間は話し続けることになりそうなので割愛。

俳　ブーブー。悪代官め。

青　ムチャ言わないで下さい。一本釣りされた碧虚組は子規没後に近代俳句に大きな影響を与え、両者の言動を追うことがそのまま俳句史になるぐらいです。本当は子規についても語ることは多々ありますが、日が暮れそうなのでいったん終わりとし、後日に大学教室で再開しましょう。私は頭が朦朧としてきたので、もう一度温泉に入ってきます……。

俳　お団子を召し上がったり、浴槽で遊泳なさる時にはお気を付け遊ばして。では、また後日に！

◆正岡子規の代表句

掛稲に螽飛びつく夕日かな

明治27年(1894)作・秋〔螽〕／収穫の慌ただしい一日も終わり、夕陽が射しこむ掛稲に螽が飛びつく。郊外の平凡な風景をヒネらずに「写生」した句で、農村を描いた油絵の風情がある。

柿くへば鐘が鳴るなり法隆寺

明治28年作・秋〔柿〕／「柿を食う・鐘が鳴る」は無関係だが、さも関係があるようにリズミカルに詠んだ。古都の鄙びた長閑さと旅情が漂う。

夏嵐机上の白紙飛び尽す

明治29年作・夏〔夏嵐〕／無人の部屋に涼しい風が吹きつけるたび、机上に積まれた白紙が数枚ずつ飛ばされ、ついに全部吹き飛ばされた。清々しい夏の句。

夕風や白薔薇の花皆動く

明治29年作・夏〔白薔薇〕／夏の夕暮れ、一陣の風に白薔薇の花が一斉になびく。夕方の白薔薇が幻想的で、下五に臨場感もある。

いくたびも雪の深さを尋ねけり

明治29年作・冬〔雪〕／病床の句。珍しく雪が降るも起き上がれず、家の者に雪がどれぐらい積もったかを何度も尋ねる。「いくたびも」が時間の長さを感じさせ、晩や夜の静けさの中、しんしんと雪が降るイメージがある。子どもが詠んだような表現が無邪気さと微かな哀切さを漂わせる。

鶏頭の十四五本もありぬべし

明治33年作・秋〔鶏頭〕／「写生」の偶然に満ちた句。「十四五本」等の必然性が分からないため、「〜ぬべし」という強調が暗示的に感じる。

俳句革新の継承者、河東碧梧桐

（紹介する俳人）

河東碧梧桐（明治6年〔1873〕～昭和12年〔1937〕）―松山藩士族。小説家志望だったが正岡子規に句を激賞されて俳人となる。子規の後継者として新傾向俳句運動で全国を席巻したが、高浜虚子に敗北する形で俳壇を引退した。書家としても名を馳せ、紀行文や蕪村研究も有名。謡曲も玄人肌で、多彩な才を発揮した近代文人。

（ナレーション）

青木先生と俳子さんが松山宝塔《ほうとう》寺で再会します。

■**墓前で**

俳　碧さん、さぞ無念でしょう。安らかにお眠り下さい、必ずやこの私が……ムニャムニャ。

青　おや、俳子さん。碧梧桐の墓前で何をしているんですか。

俳　あら先生、お久しぶり。碧さんに挨拶していました。子規門の二巨頭なのに歴史は虚子さんに味方し、今や碧さんを振り返る人は少なく……私だけでも碧さんを世間に訴えねばと墓参にうかがったんです。先生はなぜこちらへ？

青　碧梧桐の書体が好きなんですよ。彼の短冊や掛軸はファンが多く、骨董関連でも有名です。それに紀行文や江戸の俳諧研究、子規の回想録でも面白いものが多い。

俳　お墓の字が変わっているのは書道に凝っていたからなんですね。

青　ええ。松山宝塔寺の墓の字は彼が生前に揮毫《きごう》した書を刻んだもので、迫力があります。たまに訪れ、俳人碧梧桐とは何だったのかと想いを馳せるのも研究者の使命かな、と。

俳　（墓前に向きなおり）碧さん、よかったですね。先生は至らない点が多々ありますが、私からよく言って聞かせますので今日はこれで勘弁して下さい。安らかに成仏を……。

青　勝手に人を至らない人間にした上に碧梧桐を浮遊霊みたいに扱うのはやめましょう。俳子さんは碧梧桐のどの点がお好きなんですか？

俳　負けた感がムンムンするところ。歴史でいうと、虚子さんが藤原道長とすれば碧さんは新選組ね。

青　時代がかなり違うのでは……ただ、「虚子＝勝ち組／碧梧桐＝負け組」という構図でなく、違う見方をした方がいいと思うんですよね。墓前で話し合うのも憚られますし、お昼過ぎなので大学教室に移動して碧梧桐のことなど話し合いませんか。

俳　やったぁ！　では、前と同じ教室で再会しましょう、アディオス！

■大学に移動

青　（教室のドアを開ける）空いていますな。前に俳子さんが受講した俳句学授業もここでしたね。懐かしい。まず確認ですが、俳句革新は子規個人の偉業ではなく、子規派のチームプレーと捉えた方がいいんですよ。子規はチームの監督兼選手で、彼が花形選手の虚子や碧梧桐に的確な指示を与え、俳句革新というゴールに向けて試合を運んだと考えると分かりやすい。

俳　思い出しました。子規さんは凄腕の批評家で、虚子さんや碧さんが自分で分からなかった自作の魅力を、子規さんが指摘したんですよね。で、今のお話と先ほどの「碧さん＝負け組」というイメージを重ねると、どうなるんでしょうか。

青　どちらが歴史に残ったかという話と、二人の俳人の価値や可能性は別問題ということ。子規に感化された虚子と碧梧桐がそれぞれ突き進み、二人が両輪となって近代俳句の拡大につながったと捉えた方が面白い。では、碧梧桐の話は選択でいきましょう。次から選んで下さい。「1、碧さん、島でお医者ごっこ」「2、味噌汁にされかかった碧さん」「3、碧さん、妻の頭をクールビズに?」

俳 3!

青 やはり普通にお話ししましょう。松山に生まれた碧梧桐は……

俳 ちょっと待って! 3は?

青 話を盛り上げるアメリカン・ジョークです。

俳 ホラ……どこがアメリカンですか。魅力すぎる人生と思いました。

■碧梧桐の家柄

青 碧梧桐の本名は秉五郎《へいごろう》、松山藩士で儒学者の河東静渓《せいけい》の五男として明治6年(1873)に生まれます。松山に行くと分かりますが、河東家は子規や虚子の家より良い場所にあり、しかも父静渓は松山藩校の明教館教授。幕末には藩命で諸国の動向を探るなど文武両道で、息子の碧梧桐が果断な行動派で書に優れたのも、父に似たところがあったのかも。

俳 そういえば、碧さんの住居跡からは城が近くに見えますよね。

青 ええ。碧梧桐は幼少時から元気な腕白《わんぱく》で、松山中学校では「ヘイ」とあだ名が付いたとか。同じ中学校の虚子のあだ名は「聖人」。

俳 ぷっ、聖人…虚子さんの背中から後光が射したりしたんですか。

青 おとなしく成績も良かったので聖人。二人は文学趣味もあったので仲良くなり、ともに文学者を夢見るようになります。

■文学者への道

俳 知ってる! 二人は東京の子規さんに手紙を出したりと、熱く文学を語りあったんですよね。

青 そう。東京の帝国大学に進学して小説家志望の子規は二人の憧れでした。その後、碧梧桐と虚子は京都の高校に進学し、下宿も一緒で、酒と女と文学の話ばかりして「将来は大文豪に！」と息巻く日々。

俳　「聖人」はどこへ？

青　影も形もなく消滅。学制の変動時期だったので二人は仙台の高校へ転校しますが、あっさり退学します。

俳　えっ、どうして？

青　学校の方針に反発し、早く小説家になりたいのと、先輩子規の真似をして辞めたことも大きい。

俳　そういえば、子規さんも帝大中退ですよね。二人も後追い中退？

青　そんな感じです。退学した二人は東京に出て同宿し、小説家になる勉強に勤しむかと思いきや……

俳　分かった！　二人は俳句の方が向いていることに気付いて、子規さんの下で頑張ったんですよね。

青　そんなことは全くなく、小説も俳句も放り出し、無職で怠惰な日々の中、遊郭でも健やかに遊んだり。活発なニートという感じで、子規は相当怒ったそうです。

俳　うわ。子規さん、複雑だったでしょうねえ。

青　碧梧桐の兄は弟の退学を知り、「どこまで正岡の真似をするのか」と苦々しく思ったとか①。郷里の親類たちは、碧虚コンビが文学にハマって退学したのは子規の悪影響と見なした節がある。子規は強く責任を感じ、碧虚に「きちんと努力しろ！」と厳しく接したようです。

俳　子規さん、不良先輩になってしまったのね。革命児も大変だわ。

■俳人として有名に

青　東京でも碧虚コンビは若気の至り的に毎日を浪費していましたが、子規の画期的な俳論『明治二十九年の俳諧』で状況が一変します。

俳　**〈赤い椿白い椿と落ちにけり〉**！

青　そう。子規が碧梧桐句を「印象明瞭」と評し、油絵を思わせる新調と絶賛したため、彼は明治俳句の寵児として有名になります。

俳　碧さん、子規さんのおかげで更正できたのね。

青　ただ、碧梧桐は小説家志望だったので戸惑ったみたいですね。あと、彼は下宿の大家の娘に想いを寄せましたが、彼が入院中に虚子がその娘と結婚したので凹んだとか。

俳　元聖人が略奪愛……碧さん、傷心をバネに俳人活動に勤しんだのかしら。負け組っぽくていいなあ。

青　Sッ気な嗜好ですね。とはいえ、彼は虚子以上に華やかで、雑誌俳句欄選者や新聞記事執筆、俳句評釈書も出したりと活躍の場は広がり、結婚もして一家を構えます。

俳　どんな方と結婚を？　逆略奪愛ですかね。

青　どんな形の愛ですか。相手は大阪の俳人青木月斗の妹、茂枝《しげえ》さん。碧梧桐に惚れた茂枝さんが月斗に懇願して結婚に至り、二人は晩年までオシドリ夫婦でした。その時の碧梧桐は28歳。その頃は子規派最強俳人として虚子より注目され、子規が明治35年（1902）に早世した後は「日本」俳句欄の選者も任されるなど、子規派リーダーと目されます。

俳　「日本」俳句欄の担当はそんなに評価が高かったんですか？

青　子規は句や俳論の多くを「日本」に発表し、俳句欄選者も務めました。その「日本」俳句欄を碧梧桐が継ぐということは、子規の後継者を意味したんですよ。

■新傾向俳句運動

俳　惚れられて結婚、子規さんの後継者と認められる……見直しました。

青　運命は彼に微笑んだ感がありますが、その後の碧氏が突き進んだのが新傾向俳句運動（②解説は37ページ）。

①碧梧桐の回想録『子規を語る』（昭和9〔1934〕）に見える。

子規の「写生」を過激かつ徹底した運動ですね。

俳　簡単にいうと？

青　腕白ヘイさん。

俳　分かりません。

青　子規の後継者として、革新を純粋かつ過激にガンガン進めたんです。

俳　革新を進めたのは子規さんの後継者としてステキじゃないですか。

青　碧梧桐は従来の子規派が培った俳句観を乗り越えようと次々に新機軸を打ち出しますが、性急すぎるんですよ。「赤い椿」句が「写生」の典型として知られた時代、**〈煤名残《すすなごり》戸袋に簪《かざし》掻くことや〉**（明治42〔1909〕）と詠まれても厳しい。彼の「写生」観は「作者が体験した面白い事実を文字通り事実そのまま詠むと、意味深長な暗示になる」といった調子で、それは従来の類想やパターンを打破する「写生」になりますが、読者が共有できない作品になりかねない。その斬新さが自己完結に近くなってしまうんですよ。

俳　独りよがりの腕白小僧なヘイさんという感じ？

青　そう。ただ、彼の革新運動が面白いのは、現実の新鮮な事実を詠むのが尊いならば季語も定型も不要と自由律を発生させた点でしょうね。

■碧梧桐の革新運動

俳　よく考えると、碧さんは昭和時代まで生きておられたんですね。子規さんに**〈赤い椿白い椿と落ちにけり〉**を誉められた後、碧さんが何をしていたか知らなくて。アイドルグループが解散した後、元メンバーの動向が分からなくなるのと似ています。

青　たまにテレビに出るのは良くない話題で……という流れですね。

俳　ええ。子規グループ時代に「赤い椿」句をヒットさせた後、「新傾向俳句して俳壇引退」でニュースになるのが碧さん。

青　子規没後の「日本」派を牽引したのは碧梧桐で、明治末期俳壇で最も注目されたのは彼なんです。子規亡き後の碧梧桐の魅力は三点セットで覚えておくといいですよ。

俳　ラーメン、餃子、チャーハン?

青　女子らしからぬ中華セット……そうじゃなくて、新傾向時代の碧梧桐のポイント。「旅、書、自由律」が特徴ですね。

俳　旅はラーメンのようにはかなく、書と餃子の元祖は中国、そしてチャーハンは自由律だ、ということ?

青　全然違う。中華から離れて下さい。碧梧桐が新傾向俳句運動を展開した時、北海道から沖縄まで全国を旅行したのは大きな特徴でした。

俳　新傾向の布教活動の一環ですかね。飛行機がないのは当然として、電車とかあったんでしょうか。

青　道なき道を踏破する力任せ旅行で、頑丈で超健脚。子規の後継者として使命感に燃える彼は旧俳句を打破せんと各地を訪れ、**〈枸杞《くこ》の芽を摘む恋や村の教師過ぐ〉**(明治43)こそ革新! と全国で句会を行い、その様子を新聞や雑誌に逐次発表して流行の話題になります。SNSで日々近況報告するようなものですね。

俳　当時は新聞がネットに近いんですね。テレビもないし、情報を素早く届けるのは新聞や雑誌だったと。

青　その通り。新傾向時代の碧梧桐は革新俳人兼ジャーナリスト兼紀行作家と華やかで、メディアでも知られていました。同時期の虚子が穏健俳人兼小説家兼「ホトトギス」編集人だったのと対照的です。そして、碧梧桐が俳句とともに力をいれ

②(35ページ)新傾向俳句―明治末期~大正期初めに碧梧桐を中心に起こった革新運動。子規の衣鉢を継ぐため、従来の俳句観をさらに打破しようと「写生」を過激に推し進めた結果、俳句が一気に難解になった。

たのが書道革新だったんです。彼はある時、子規の友人だった画家の中村不折から中国六朝《りくちょう》期の拓本を見せてもらって感動します。

俳　六朝期？

青　日本の古墳時代あたりに栄えた古代文化です。拓本に感動した碧梧桐は不折とともに六朝風の書をしたため、それと俳句革新をセットに全国各地を練り歩いたんですよ。ゴツゴツと歪《いびつ》な書きぶりで、見た瞬間に「碧！」と分かる佶屈さ。彼は安定と洗練が支える表現の型を壊し、新奇で未知の可能性を追わねばと信じました。子規時代の「写生」句が月並に陥る現状を打破するため、**〈道の霜拾へるを近江聖人へ〉**（明治43）といった句を荒々しい書で示すのが、彼の俳句革新でもあったんです。

■消費専門家

俳　そうだ。ふと思ったんですが、書道は筆や紙、硯や墨汁なんかに凝るとお金がかかりますよね。

青　よくご存知ですね。骨董と同じでハマると大変なことになります。

俳　祖父が書に凝って年金その他をつぎ込むので家族の悩みだったんです。碧さん、旅したり、書道に凝ったりして大丈夫だったんですか？

青　ご安心を。彼は芸術至上主義かつ革命家ですからお金は使うばかりで、筋金入りの浪費活動家です。

俳　安心できませんよ！　絶対結婚したくないタイプ。

青　ただ、彼を支援するパトロンがいたんですよ。旅費や俳誌運営費、書道関係も援助してくれたので、碧梧桐はしたいことができた。結社経営や商売に煩わされず、自分の芸術観を突き進めばよかった。碧梧桐は純粋に理念を追ったので弟子を育てようとか、結社の共通理解を育むといった組織経営や感覚がゼロだったので新傾向俳句が分裂したんです。

俳　碧さん、熱情あふれる純粋芸術家にして消費専門家だったのかなあ。裏表のない良い人だけど、周りへの迷惑には気付かなさそう。

青　だから庇護者が温かい目で彼を見守ったのかも。彼の句に読者を置き去りにする作品が多いのも、原因は同じでしょうね。

■定型破壊

俳　で、碧さんの特徴はあと一つ、自由律でしたよね。

青　そう。旧態依然とした型に縛られてはいけない、人間の真のリズムや表現意欲に忠実であるには季語や定型は邪魔となります。碧梧桐の論や作品に接した弟子の中塚一碧楼《いっぺきろう》や荻原井泉水《せいせんすい》が自由律の可能性に気付き、詠み始めたところ、碧梧桐も後追い的に詠むようになる。それが大正初期で、すでに碧梧桐一派は主張が飛び交って分裂し、碧梧桐も俳誌を出しては廃刊の繰り返し。その間に幼い養女を亡くし、意気込んで就職した新聞社も倒産し、傷心の西欧旅行に出かけたりして昭和初期にはルビ俳句まで突き抜けてしまった。

俳　ルビ俳句？

青　漢字の読みを複雑にして深みのある世界を詠もうとした句で、例えば〈**紫苑野分《キノフ》今日《ケフ》とし反《ノ》れば反《ノ》る虻音《ネ》まさる**〉。昭和初期の句で、全てにおいて微妙な句です。

俳　素人でないのは分かりますが、狙いどころが分かりません……。

青　俳句観や句調が数年で丸ごと変化してしまうと、少数の新しい支持者が増えても、昔からの多数の門人は去っていく。あまりに急進的すぎた碧梧桐は、昭和期になると賛同者も居なくなり、昭和7年（1932）に俳壇引退を宣言します。

俳　典型的な負け組……でも、パトロンさんも居たり、やりたいことを貫いた幸せ感もあったのかしら。

青　支援者は彼の最期までいたんですよ。晩年には弟子達が先生に新居を進呈しよう！　と奔走して家を建て、碧梧桐夫婦は喜んで引っ越します。でも、引っ越してすぐ急逝してしまった。数え年で65歳でした。

俳　子どもの頃のあだ名そっくりの人生……腕白ヘイさん。

■碧梧桐句の難しさ

青　ここから碧梧桐句を見ていきましょう。彼の傾向を初・中・後期に分けると、初期は正岡子規が指摘した「印象明瞭」に尽きます。彼は客観描写がうまく、**〈春寒し水田の上の根なし雲〉**（明治28）と切れ味鋭い表現を早くから獲得していました。その卓越した技量で眼前の小さな発見を詠んだのが、**〈赤い椿白い椿と落ちにけり〉〈白足袋にいと薄き紺のゆかりかな〉**（ともに同29）。

俳　わあ、「白足袋」句は細やかで情緒がありますねえ。

青　男目線で女性の足袋を捉えたと見ると、艶がありますよね。鼻緒の紺が付いたのか、白と紺の足袋が重ねて置かれたのか、または盥で紺足袋と一緒に洗われた白足袋が薄く染まったのかもしれない。明確な情景が曖昧でありながら、紺に淡く染まった白足袋の印象は鮮明で、微妙な生活感も漂っている。まだ20代前半の句です。有季定型を迷いなく詠みきる技量は子規派ピカ一で、**〈おしろいの首筋寒し梅二月〉**（同33）**〈蝉涼し朴《ほお》の広葉に風の吹く〉**（同36）等、眼前の景を的確に捉えて季感を漂わせる手腕は傑出しています。

俳　「おしろい」句、なかなかの度胸ですね。寒くて梅で二月、怒濤の季重なり。でも、「梅二月」には冬の余寒と初春のいりまじった雰囲気もあって、女性の白粉をはたいた首筋に寒さを感じるのも鋭い気がします。

青　明治や大正期には季重なりが多い。「蝉涼し」句も夏の清涼感あふれる一瞬を悠々と詠んで、俗気がない。才の鋭さを示す句で、碧梧桐はまだ

30歳でした。

俳　演歌界に現れた氷川きよしの俳句版、というところかしら。

青　年齢的にはそうでしょうね。当時の俳壇は今と同じで、大御所が60～70代なのに対し、子規派は多くが30代前後。その中でも碧梧桐は若手で、子規派の若頭筆頭でした。

■中期作品

俳　それなのに、碧さんはなぜ道を誤ったんですか。

青　そこが難しいところで、碧梧桐の技術は年々上がります。**〈馬独り忽《こつ》と戻りぬ飛ぶ蛍〉**（同39）は、何かの事情で馬小屋に戻らなかった一頭が、蛍が飛び交う宵闇の中、突如として現れ、何事もなく小屋に戻った宵のひとときを劇的に詠んでいる。**〈寺大《たい》破《は》炭割る音も聞えけり〉**（同年）も巧い。上五を「寺大破（貧しい寺）」と漢語調で大仰に示し、中七は「炭割る音も」と寺に住む僧の生活感漂う様々な音を響かせ、下五は「聞こえけり」と余韻を利かせてあっさり終える。上五／中七／下五の調子の変化と位相のずらし方は相当な巧者。でも、彼の句は自己完結して読者を置き去りにした感じが残り、それは新傾向俳句運動で加速します。碧梧桐は頭中のイメージや類型に陥らないため、実感と事実にひたすら忠実な「写生」句を極度に推し進めました。例えば、**〈相撲乗せし便船のなど時《し》化《け》となり〉**（同43）は画期的な新傾向と話題になった句です。

俳　辞書を見ながら句意を考えると……相撲取りを乗せた便船（都合よく出た船）に私も乗りはしたが、なぜに時化にあったのか……という感じでしょうか。知らんがな。

青　これが新しいとされたのは一句に中心がない、つまり作為や意図を放棄したまま、事実そのものをほぼ詠んだ点にあったんですよ。

俳　良さが分からない……。

青　碧梧桐は革新を進めるあまり、今までの安定したパターンや類型、季語らしさに触れることを極度に嫌い、新味だけで句を成立させようとしました。子規の「写生」を発展させ、従来詠まれなかった出来事を徹底して詠めば革新になると信じた。例えば、梅雨の長旅から家に帰り、蚊に刺されたり雷が聞こえたりした体験を**〈カラ梅雨の旅し来ぬこの蚊雷や〉**（明治45）と彼は詠みます。「梅雨」の句としては斬新で、時間と心情の複雑な推移も詠まれていて、プロの作品といえるでしょう。でも、読者側は感情移入しにくい。

俳　「〜来ぬ／この蚊／雷や」の間の入れ方はさすがと思いますが、仰るように作者の実感を読者は共有しにくいですね……。

■後期作品

青　彼は定型や季感も旧弊という発想に至り、真実の感情や体験を詠むには無定型がふさわしいとなり、新傾向俳句運動から自由律が発生します。最初は弟子達が詠み始めたのですが、碧梧桐も俄然詠むようになる。それが彼の後期作品で、例えば**〈雲の峰稲穂のはしり〉**（大正5〔1916〕）。

俳　ちょっといい。夏の爽やかさと同時に、鋭さすら帯びた猛々しい真夏の予感がピリピリ伝わる感じ。

青　鋭い感性は相変わらずで、**〈肉かつぐ肉のゆらぎの霜朝〉〈曳かれる牛が辻でずっと見廻した秋空だ〉**（ともに同7）等、見事な把握と的確な描写は冴えている。でも、どの句も作者の自己完結に近い描写が多い。従来や同時代句と比較すると斬新としても、現代から振り返るととっつきにくい印象だけ残ってしまいます。とはいえ、それが失敗だったかは慎重に考えた方がいい。

■率直すぎる性格

青　これまで碧氏の経歴や句を見て

きましたが、いかがですか。

俳　子どもの頃そのままかも……腕白へイさん。

青　明治期にこんな指摘があります。「子規でも鳴雪でも虚子でも皆正直者に相違ないが、正直なる性情を幾らか塗抹《とまつ》して、婉曲に複雑に見せかける方である、碧梧桐に至つては実に透明なもので、単純、率直、直線的の性情を遠慮会釈なく暴露し、銀行や会社の事務員の如く一心不乱に俳務《はいむ》を執つて居る」③。子規の「写生」を突き進めて有季定型を破壊したり、派閥の維持や人間関係に頓着しないところなど、確かにそうかも。

俳　クラス運営の理想に燃えて学級委員になり、みんなの都合を考えずに突っ走るタイプね。

青　ただ、急進的に革新を続けたために碧派はバラバラになりましたが、彼を慕った人々もいたんですよ。

俳　破滅型ホストに貢ぐ熟女たちのようなものかしら。

青　週刊誌みたいな設定で碧梧桐を理解しなくても。彼が精力的に行った旅行や俳誌を創刊する時など、共鳴したパトロンが金銭面で援助したり、弟子達が新居をプレゼントしたこともありました。

俳　私に新居と旅費をくれる方はいませんかねえ。プラカードを掲げて立とうかしら。「パトロン募集　傑作詠みます」とか。

青　情けないからやめましょう。それに傑作を詠める可能性はひく……。コホン（咳払いでごまかす）。碧梧桐に戻ると、「単純、率直」な彼は困っている仲間のために奔走したりと男気もあったので、最晩年まで年始の挨拶を欠かさなかった弟子達もいたんですよ。20年近くお酒を届け続けた弟子もいましたし。

③中村楽天『明治の俳風』（明治40）の一節。同時代俳句や俳人の傾向を歯切れ良く論じた俳論書。

俳　権力やお金にこだわらず俳句活動を純粋に求めた碧さんだから支援者がいたのかも。ところで、私に傑作が詠めなさそうなことを仰りましたね？　藁人形で呪いますよ。

青　深夜に白装束学生が蝋燭片手に徘徊するのが発覚したら大学の責任になるのでやめて下さい。それに名句を吐く俳人はパトロンがいなくても詠めるはず。応援したい！　と周囲に思わせる句を詠むのが先では？

俳　うっ、正論を…心の傷を負った私の境涯を句に託すわ。**〈ローソクもってみんなはなれてゆきむほん〉**。

青　阿部《あべ》完市《かんいち》④の有名句じゃないですか。一体、どんな境涯ですか。

■文人として

俳　先生、碧さんを負け組と見るのはよくないと仰っていましたよね。どういう意味なんでしょうか。

青　碧梧桐は活動全体や影響を見渡して評価した方がよいということ。彼の句も活字で読むのと、破天荒な書で味わうのでは印象が違う。それに蕪村研究の第一人者でもある。

俳　碧さんが研究者？

青　ええ。子規派が蕪村を称揚した際、関心の的は『蕪村句集』だけでしたが、後に碧梧桐は蕪村の書簡や画、一門の句集を探し集め、本にまとめます。蕪村の本業は画家で、書も人気があった。碧梧桐が蕪村を一俳人としてでなく、文人として研究を進めたおかげで蕪村研究の基礎ができたんです。

俳　ほぉお……碧さん、やりますね。興味を持ったら、夢中で調べそう。

青　中国六朝期の書風を流行させたのは前に述べた通りですし、漱石が愛した伊予の画人、蔵沢《ぞうたく》の研究も進めている。竹の墨絵で有名で、漱石は彼の画を手本にしたとか。能楽の嗜みも玄人肌でした。私たちは碧梧桐を俳人とのみ捉えがちですが、近代版文人と理解した方がいい。

俳　なるほど！　俳句オンリーというより、色々な教養の中に俳句があった感じでしょうか。

青　それに近い。紀行文作家としても凄く、明治や大正期に北海道から沖縄まで日本中を旅し、樺太（現サハリン）や台湾、シンガポール、西欧諸国やアメリカも訪れています。北海道の道なき道を踏破した超健康体な上に、その膨大な紀行文の面白さが今一つ分からないのも凄い。

俳　何だ、面白くないんですか。どこが凄いんですか。

青　作品として読者に示す意識が希薄な上に、それほど情熱的に旅をした目的が分からない。とにかく旅の記録を書く。従来の書道や有季定型を壊し、蕪村や蔵沢の資料を集め、弟子たちは離れてゆく。一つ一つがバラバラで、その時々の使命感に駆られて情熱をまきちらすだけで組織運営や名誉、蓄財等が抜けているんです。そこが凄いなあ、と。

俳　ひねりまくった褒め方ですね。

■失敗が功績に

青　一番凄いのは新傾向俳句から自由律に至る過程で「写生」を徹底した結果、季感や定型、読者意識を破壊してしまった点です。機会があればお話しますが、「写生」と有季定型は相性が良いわけではなく⑤、碧梧桐がそれを図らずも露呈させてしまったのが凄いんですよ。その影響を受けた荻原井泉水が自由律にのめり込み、尾崎放哉や種田山頭火が現れることになる。碧梧桐の活動が

④阿部完市――戦後の前衛俳人で、「海程」出身。「ローソク」句は代表句。

⑤「写生」と有季定型の問題は、拙著『俳句の変革者たち』所収「子規の後継者・碧梧桐と虚子」で言及。新傾向俳句運動は、「写生」を暴走させた結果と考えると面白い。「翔臨」代表の竹中宏氏から示唆を得た。

生んだ功績といえるでしょう。

俳　仰りたいことが分かりました。碧さんの活動自体は失敗に終わりましたが、それがきっかけで新しい俳句や価値観が生まれたんですね。「写生」と有季定型の仲が悪いとかはよく分かりませんが……先生も蔭で色々考えを巡らせているのね。おぬしもワルよのう。

青　私は時代劇の越後屋ですか。碧梧桐の新傾向俳句運動は単に失敗したと見るより、近代俳句の「写生」という重大な問題が浮き彫りになった運動と見なした方が面白い。子規の衣鉢を継いだ今一人の俳人、虚子はその辺が分かっていた節があり、彼なりに有季定型と「写生」のバランスを重視した方向で句作を続けています。「写生」の問題は複雑なので難しいところですが、この流れで高浜虚子も見てみましょうか。

俳　了解。「聖人」の一生、とくと聞かせてもらいます！

◆河東碧梧桐の代表句

空《くう》をはさむ蟹死にをるや雲の峰

明治39年（1906）作・夏〈雲の峰〉

／仰向けに死ぬ蟹に夏の激しさを思わせる雲の峰を取り合せ、緊張感のある静けさを漂わせる。

会《え》下《げ》の友想へば銀杏黄落す

明治40年作・秋〈銀杏〉／秋の深まりの中、ともに参禅した亡友を思いやると大ぶりの銀杏が散りゆく……その荘厳さ。漢語調の厳粛な響きが亡友への想いの深さを響かせる。

芙蓉見て立つうしろ灯るや

大正6年（1917）作・秋〈芙蓉〉／夕方、庭先あたりで芙蓉の花を見ている。ふと後方で家内が灯ったようだ。立ち上がり、佇む。前方には夕暮れの暗がりに芙蓉の花が浮かび、後方は灯に照らされている。芙蓉は夕べに萎み、生活感漂う花で、その質感と人工の灯との対照も見事。

近代俳句の王者、高浜虚子

（紹介する俳人）

高浜虚子（明治7年〔1874〕～昭和34年〔1959〕）─松山藩士族。正岡子規に見出されて俳人となり、後に「ホトトギス」主宰として俳壇に君臨した。実作、選句眼、結社経営ともに超一流で、門人から史上に名を残す俳人が輩出し、「ホトトギス」を近代俳句そのものに押し上げた巨人。最晩年まで「客観写生」「花鳥諷詠」を提唱。俳人初の文化勲章受章者。

（ナレーション）

青木先生と俳子さんは教室で引き続き語りあっています。

■虚子の魅力

俳　先生、子規さんは虚子さんが好きだったんですよね。何かで読みましたが、子規のお母様が仰ったとか。

青　虚子の『子規居士と余』①ですね。子規の逝去時、母堂の八重さんが彼に伝えたそうです。虚子自身の回想録なので、いかなる状況の一言かは慎重に考えるべきですが、子規が虚子に期待や信頼を寄せたのは間違いない。虚子は夏目漱石ら神経質な人物にも信頼され、女性にモテた逸話もあったりと、配慮が出来てクセなく色んなタイプの人と付き合える人柄だったようです。

俳　そこなんです。子規さんが日清

①『子規居士と余』─明治後期～大正初期に「ホトトギス」連載。子規との出会いから彼の死に至るまでの交情を綴る回想録で、子規との絆を公表することが俳壇復帰後の正統性を強調することになった。

戦争から危篤状態で帰国後、虚子さんに後継者をお願いしたりとか。なぜ虚子さんばかりそんなに好かれるの？　私の恋愛はうまく行かないのに。答えなさいよ！

青　唐突に私怨をぶつけなくても。恋愛成就したければ俳人をまず辞め（以下略）子規が大陸から神戸に搬送された時や、病状が良くなった後に虚子に自分の野心を継いでほしいと依頼しますが、虚子が断って子規が絶望する事件ですね（②）。ただ、虚子がどういう人物かは直接会わないと分からないでしょう。霊界に旅立った後にアポを取っては如何。私はそれを遠巻きに見て反応を観察しますので、実験材料としてよろしく。

俳　イヤだ……子規さんは分かりやすく英雄的ですが、虚子さんは老獪な政治家という感じで好感が持てないのよね。徳川家康のような感じ。

青　確かに虚子は俳壇の王者だったので毀誉褒貶《きよほうへん》が激しいですが、まず彼の経歴や作風を知った上で判断すべきでしょう。ただ、明治から昭和戦後期まで活躍した巨人なので全部を押さえるのは難しい。今回は昭和初期あたりまで見てみましょうか。

■幼少期の頃

俳　了解です。確か、虚子さんもサムライなんですよね。

青　ええ。松山藩士の池内家の五男として生まれ、本名は清《きよし》。虚子の姓が「高浜」なのは祖母の生家の高浜家が絶えないように戸籍を移し、高浜家を継ぐ形にしたわけですが、生活自体はそのままでした。

俳　清だから虚子さん、碧梧桐さんも本名は秉五郎《へいごろう》。微妙なダジャレ？

青　実世界に片足を置きつつ、虚の文芸にも遊ぶ感じでしょうね。そのリアルな世界での虚子の父、政忠は剣術監や祐筆も務め、謡曲にも造詣が深い文武両道の武士でしたが、明治維新で松山藩が賊軍とされるや市内から離れた北条へ家族で引っ越し、農民として暮らし始めます。

俳　侍が農業に？　食糧難でもなさそうですし……珍しいような。

青　松山藩を朝敵と見なす明治維新に対し、藩士として節を守ったのかも。虚子も回想していますが、気骨のある人だったようです。虚子は1歳で北条の西ノ下《げ》という地に移り、幼少期を過ごしたため北条が人生の原風景になりました。海が近く、島が見え、家の近くに大師堂があり、お遍路が行き交い……彼は北条が懐かしく、後に何度も再訪しています。

俳　あ！　**〈道のべに阿波の遍路の墓あはれ〉**（昭和10）はそうなんでしょうか。歳時記で見たことあるゾ。

青　よくご存じですね。その句は家近くの風景を詠んだもので、後々まで忘れがたかったようです。北条での貧しい暮らしの中、末っ子の虚子は両親や兄たちに愛されて育ちます。おとなしい性格で、母に背負われて訪れた歌舞伎芝居の切腹場面を見て泣き出すぐらいだったとか。母の言いつけを守り、学校の成績も良く、碧梧桐の時に触れたように聖人と名が付くほどの模範生でした。

■学校生活

俳　腕白ヘイさんの碧さんと好対照ね。確か、碧さんとは松山中学校で知り合ったようだな。虚子さんは北条から松山に通ったんですか？　徒歩で通学したんですかね。

青　家族は虚子が8歳の時に松山に戻ったので、中学時代は市内在住でした。兄の仕事の都合や虚子の教育

②明治28年（1895）、子規が虚子とともに東京の道灌山に連れ立ち、文学上の野心を継いでほしいと伝えたが、虚子が断った出来事。子規は動揺し、余命のある内に独力で文学革新を断行するしかないと思いつめる。17ページ⑲も参照。

も考え、松山に帰ったようです。その松山と池内家でいえば、虚子の父や兄らは明治に衰退した能文化を守った功績があるんですよ。松山藩は能が盛んで、池内家も謡《うたい》好きだったので散逸しかかった能衣装や能舞台の保存に尽力しました。虚子は終生能好きで、碧梧桐も能が上手く、この点、彼らは松山藩士族の誇りを持ち続けたように感じますね。

俳　でも、二人で学校をやめちゃったと。侍なのに子規さんを悩ませる碧虚コンビが発生したわけね。

青　そうなんですよ。虚子や碧梧桐の家は裕福ではなく、二人は立身出世を求められていました。聖人虚子は中学生の途中まで真面目でしたが、森鴎外や幸田露伴らの小説を知ってハマり、碧虚コンビは文学者になりたいとともに京都の高校に進学しますが中退し、東京に移住します。郷里の親族は困ったと思いますよ。碧梧桐の時に紹介したように、「正岡のマネをしおって」と子規の悪影響を感じた縁者は多かったはず。

俳　でも、子規さんは結核ですよ？判官贔屓《ほうがんびいき》してあげましょうよ。まさか……先生も「子規が悪い」と思っている？（血走った目）

青　う、怖い。徹夜明けの膨らんだ河豚みたいな眼をしないで下さい。子規自身はそうとしても、若い碧虚や世間がそれを理解したかは微妙で、子規は後輩を惑わすワルい先輩に見えたかもしれない。だから子規は責任を感じ、二人が退学を決めた時も手紙で止め、東京に来た碧虚には「勉強しろ！」と説諭しました。でも、二人は「そんなキツく言わんでも」と不満。同時に子規は熱心に句作も勧めるので、小説執筆に勤しむわけでもなかった碧虚は何となく句を詠み続けると、子規が俳論『明治二十九年の俳諧』で両者を明治の新調と絶賛し、有名俳人になるわけです。

■俳人、結婚、雑誌編集人

俳　えーと、その後、虚子さんは碧さんの許嫁を略奪結婚して守旧派になるんですよね（35ページ参照）。

青　話を略しすぎ。許嫁ではなく、碧虚の下宿先のお嬢さんと碧梧桐がいい感じだったのですが、碧氏の入院中に虚子とデキちゃったという流れです。彼女は大家のお嬢さんで、名は大畠《おおはた》いと。一説では、いと嬢は碧氏より虚子に惹かれ、いとさんからアタックしたとか。いずれにせよ一家を構えた虚子は稼がねばならず、それで「ホトトギス」を譲り受けて生計を立てようとします。

俳　あれ、「ホトトギス」は虚子さんが作ったのではなく、譲り受けたんですか？　どこから？

青　松山にいた子規派の柳原極堂《きょくどう》（7ページ参照）が創刊しましたが、資金繰りに困って廃刊危機に陥ったのを虚子が譲り受けたんですよ。子規は「ホトトギス」続刊を熱望しましたが、虚子が編集担当の上に俳誌は売れないものなので不安だったとか。300部前後という予想でしたが、虚子は1500部以上も売りさばき、好調なスタートを切ります。

俳　凄い。虚子さん、経営者の才覚もあったんですね。浪費専門家の碧さんとは違うかも……いとさんの眼は確かだったようね。

青　ただ、良いことばかりでなく、「ホトトギス」内では「虚子は俳人よりも商売人」と陰口や批判も多く、何より虚子は小説家になりたかった。こういう話があります。彼が瘧《おこり》（マラリア）で苦しんでいた時、部屋の壁に「大文学者」と書いた半紙を貼り付けて「小説家になる！」と念じ続けたとか（③）。その話を聞いた子規が〈**大文学者の肝小さく冴ゆる**〉と虚子に半紙で書き送ったらしい。

③『子規居士と余』に見える逸話。

俳　病気の虚子さんが壁に「大文学者」を貼るのは滑稽なような、切ないような。子規さん的には皮肉まじりのさりげない頑張れエールという感じかしら。

青　ええ。虚子は子規派が興した写生文運動（④）で散文も修行しましたが、簡単に小説が書けるわけではありませんでした。子規没後、俳句革新の牙城たる新聞「日本」選句欄は碧梧桐が担当し、かたや虚子は子規派の仲間から「商売人」的な視線を浴びながら「ホトトギス」編集を地味に続ける。碧梧桐とも俳句観の違いでぶつかるようになり、碧氏は虚子の穏健な有季定型句を「月並」と批判し始めます。

■明治期の虚子句

俳　その頃の碧さんの句は先ほど教えてもらいましたが（40〜41ページ参照）、虚子さんの句はどんな感じ？

青　例えば、**〈打水に暫《しばら》く藤の雫かな〉**（明治34）**〈桐一葉日当りながら落ちにけり〉**（同39）。

俳　うぉ、巧い。「桐一葉」句は私でも知っている著名句ですが、「打水に」句も上手。打水が藤の花にもかかり、その雫が滴る様子を「藤の雫」とざっくりまとめましたね。普通の言い方をしながらも「こう詠めば後は読者に任せても大丈夫」的な大らかな省略が的確。それでいながら、「藤の『雫』かな」と焦点を絞って終わらせたところが心憎い。読後に藤の垂れた花から雫がポタポタ……と落ちる情景が浮かびます。

青　実作者のようなコメントですね。

俳　キーッ、私は俳人ですよ！　（髪を振り乱す）

青　怖い……逆上したナマハゲみたいな威嚇をしないで下さい。「打水」句は他にどの点が上手でしょうか。

■「暫《しばら》く」の妙

俳　藤の花から「暫く」雫が落ちた

とすることで、「しばらくして雫は止んだ」と想像させる点ですかね。「打水」は水を大量にかけ続けたり、丁寧にかけるものでもなく、見当を付けてサッとかけるのが打水なので藤にもかかったのでしょうし、水の量も多くないので「藤の雫」も「暫く」して止んだとすると、打水の風情をうまく詠んでいます。それに藤の花の高尚な雰囲気と打水の生活感が混ざっているバランス感覚も見事。碧さん的に月並としても、難解な新傾向句より分かりやすいですし、読者に丁寧な句ですよね。

青　何と見事な句解……師として伝授することはもはや何もないようだ。さあ、この窓から早く旅立って悪の組織を倒しに行きなさい！

俳　何の場面ですか。というよりこの教室は4階ですよ、どこの世界に旅立たせる気ですか！

青　あ、うっかり。名句解だったので、つい。虚子さんだなあ。

俳　訳の分からない言い訳ね、全く。この句、確かまだ20代の句ですよね。巧い。なのに小説家志望とは……子規さんや碧さんもそうですが、小説家がカッコよかったんですねえ。

■小説への憧れ

青　明治維新後は基本的に江戸文化否定なので、古臭い俳諧より明治の新社会や人間像を複雑かつ余すところなく描く西洋流小説が眩しかったんですよ。江戸期以来の読物と異なる新小説を露伴や尾崎紅葉ら20代の青年が発表したのもカッコよかった。虚子は大正時代にこう綴っています。「十七字の詩形である俳句だけでは

④写生文―子規が提唱した文章運動。和歌や漢詩文等の従来の定型表現に囚われず、眼前の現実を書き言葉で滑らかに記すもので、子規没後も「ホトトギス」の大きな特徴となった。

満足が出来なかつたのである。世人が子規門下の高弟として余を遇することは別に腹も立たなかつたがそれほど嬉しいとも思はなかつたのである。（略）余は今でもなほ学問する気はない。けれどもどこまでも大文学者にはならうと思つておる。余の大文学者といふのは大小説家といふことである」（⑤）。

俳　その話、先ほどの句を詠んだ後ですよね。他にどんな作品を詠んだ後の感想なんでしょうか。

青　**〈蝶々のもの食ふ音の静けさよ〉**（明治30）**〈遠山に日の当りたる枯野かな〉**（同33）**〈金亀子《こがねむし》擲《なげう》つ闇の深さかな〉**（同41）あたりですかね。

俳　ゑゑゑゑゑゑ　（白目）

青　しっかり！　あ、口からエクトプラズムが。

俳　う、すいません……って、人の涎を微妙な表現で指摘しないで下さい！　あ、一句浮かびました。**〈ひとのくちよりたら〳〵と春の泥〉**。

青　虚子の**〈鴨の嘴《はし》よりたら〳〵と春の泥〉**（昭和8）じゃないですか。人間の口から春泥がたらたらなんて、ゾンビ映画ですか。

■漱石に刺激されて

青　で、「ホトトギス」経営は成りゆきに近く、生計を立てるためでもあったのですが、虚子の憧れは小説家でした。折しもその時、事件が起きて虚子は挫折します。

俳　まさか……喋る言葉や思考全てが五七五（含季語）になるという有季定型症候群に罹った？　原因不明の難病らしいわね。

青　どんな病気ですか。日常生活ができなくなりますよ。そうでなく、東京帝国大学教師だった夏目漱石が突如凄い小説を書き始めたんです。

俳　あっ、『吾輩は猫である』！

青　そう。教員生活が合わず、鬱状態の漱石を見かねた彼の奥さんが虚子に相談します。虚子は気晴らしにと思い、「うちの雑誌にも何か書いてよ」と頼んだところ漱石はぶ厚い原稿を渡してきた。題名もないので一行目の文をそのままタイトルにして明治38年（1905）の「ホトトギス」に掲載するや、爆発的に人気を呼びます。

俳　ふむふむ。でも、それと虚子さんの挫折にどんな関係が？

青　猫ブームで「ホトトギス」は一万部ほど売れ始め、漱石は『坊っちゃん』『草枕』等を次々と発表しました。小説家志望の虚子は強く刺激され、自分も「ホトトギス」に小説を発表した上に俳句欄も廃して小説専門誌にするほどの入れこみよう。ところが、漱石が明治40年に朝日新聞社に入社したんです。

■小説家虚子の不運

俳　別にいいじゃないですか。私は止めませんよ、入社して下さいな。

青　そうはいかないんです。漱石が朝日新聞に入社する際、朝日側は帝大教師以上の高給で漱石を迎えますが、その代わり……

俳　地下に軟禁されて鉄仮面と貞操帯を嵌められ、小説を書き続けるように鞭打たれた？

青　完全監禁じゃないですか。そうでなく、他新聞や雑誌等に書かないこと、例外的に「ホトトギス」は認めるが、出来れば朝日で……と、専属作家的条件があったんです。

俳　「ホトトギス」が大丈夫なら、問題ないじゃないですか。

青　漱石は律儀なので朝日入社後は「ホトトギス」に主立った小説を発表しなくなります。すると、「ホトトギス」の売り上げが急減。

俳　あらら。虚子さんの小説に魅力がなかったんですかね。

青　ええ。虚子は京都や奈良を舞台にした『風流懺法《せんぽう》』（⑥解説は57ページ）

⑤『子規居士と余』の一節。

等で評価されましたし、若き日の志賀直哉《なおや》が虚子作品に惹かれて奈良を訪れたほどでした。ただ、売り上げを保つほどではなく、「ホトトギス」が小説専門誌になったので従来の俳人が離れ、読者が激減します。しかも腸チフスで療養を余儀なくされ、生活も苦しくなるばかり。

俳　泣きっ面に蜂どころか、熊や狼にも襲われて逃げようと飛び込んだ沼はヒルの巣で、絶叫した口に鳥のフンが落ちてくるようなものね。

青　そこまではひどくない気が……虚子は雑誌経営や俳書出版等（⑦）で生計を立てたので何としても売る必要があった。ついに明治45年(1912)、「ホトトギス」に俳句欄を復活し、同年に大正と元号が変わった後は俳句専門誌として舵取りの変更を余儀なくされました。

■専業俳人の道

俳　うーむ。夢破れて俳句あり、という心境でしょうか。

青　そうですね。虚子は小説をかなり書いた後に渋々俳句界に戻ったので、俳句に過剰な期待をしませんでした。文学実験や斬新な発想を表現したければ他文学でやればよし、俳句は有季定型で表現できることだけ詠めば他ジャンルにない特徴となる……と冷静に判断します。**虚子は俳句に醒めた専業俳人で、しかも抜群の才能があった。**ここが他俳人と違うところです。

俳　でも、虚子さんは俳句が嫌いではなかったんですよね。

青　もちろん。同時に、理屈抜きに夢中になったのは小説で、俳句はそこまで熱中できなかった。虚子は小説と恋に落ちたかったのに、俳句に選ばれた人生を歩むことになります。それが大正初期で、彼は嫌々でしたが、同時に虚子復帰から近代俳句は爆発的に発展することになります。

「ホトトギス」雑詠欄

青　虚子が「ホトトギス」を俳誌に戻す際、いくつかの方針を発表しました。大きくは二つで、「これからは子規派俳誌ではなく、俺の個人誌」「碧梧桐の新傾向俳句に反対し、平明な句をよしとする」というもの。

俳　俺の個人誌？　俺のフレンチみたいなものかしら。昂《たか》ぶり？

青　それまでの「ホトトギス」は子規派全体の誌面という雰囲気でしたが、今後は虚子が好きに運営するという意味。その上で碧梧桐の新傾向や他の子規派、宗匠も含む全俳壇と戦うという方針で、雑詠選句欄と『進むべき俳句の道』⑧で自身の俳句観を示すというものでした。雑詠欄は子規派の特徴で、従来の宗匠選句は「梅」「木枯」等に沿った投句を扱いがちだったのに対し、子規派の雑詠欄はその時の季節であれば何でもよしというもの。テーマに縛られない分、選者が何を俳句と見なすかの価値観が直接伝わりやすく、「ホトトギス」雑詠欄で自身の信ずる俳句像を主張しようとしたわけです。俳壇の色々な価値観など無関係、俺の俳句観だけで道を切り開くというもので、意外に強烈な決意です。

俳　商売人と言われたり、色々イヤ

⑥（55ページ）虚子は明治40年（1907）に小説『風流懺法』（京都が舞台）『斑鳩物語』（奈良が舞台）を発表。漱石は、登場人物の人生を傍観するような虚子の筆致を「余裕派」と評した。

⑦虚子は俳書堂を立ち上げて俳書出版を手がけ、「国民新聞」文芸部長にも就くなど、生活を安定させるため様々な文学関連の仕事に携わった。

⑧『進むべき俳句の道』―大正4年（1915）から「ホトトギス」連載。新進俳人の蛇笏、石鼎、普羅等の句を詳細に評した論で、大きな影響を与えた。この本を読んで俳句の魅力を知り、句作を始めた俳人は数多い。

になったのかしら。何だかカリエス発覚後の子規さんに近い気合ね。

青　ええ。小説はダメ、雑誌は売れない、腸チフスで体調は最悪。おまけに溺愛した六番目の女の子を肺炎で亡くし、心底打ちのめされます。両親もすでに亡く、虚子は文字通り虚無的に黙々と俳人業を遂行しました。彼は自伝風随筆で次のように語ります。「子供が死んでからもう一年半にもなる。（略）事業は其一年半の間にいくらか歩を進めた。一向栄えない仕事も此一年半の間には比較的成功をした。が、たとひ幾ら成功しやうともいくら繁昌しやうとも、私は一人の子供の死によつて初めて亡び行く自分の姿を鏡の裏に認めたことはどうすることも出来ない。**栄えるのも結構である。亡びるのも結構である。私は唯ありの儘《まま》の自分の姿をじつと眺めてゐる**」⑨。

俳　虚子さん、かわいそう……ヘンな言い方ですけど、諦めというより冷静に自棄《やけ》になった感じ？　心の大事な部分が堅く干上がったような。

■大正初期の「ホトトギス」

青　そうかもしれません。同時に、俳人虚子が完成したのもこの時期でした。「私の文芸を批判するものの声が盛んに起こつても少しもそれに耳を傾けなくなつたのはその頃からである。（略）『誰でもやつて来い』といふやうな自恃《じじ》の心が強くなった」⑩。かつて虚子は俳人子規の後継者を断りましたが、図らずも子規同様の強い「自恃」を胸に俳句業に邁進し始めます。そこからが凄いんですよ！　ヒョヒョヒョ……。

俳　虚子さんも吹っ切れた怖さがありますが、先生までおかしくなった……実は前から心配していましたが、大丈夫ですか。研究の魔道から足を洗ってこちら側に戻りなさい、ほら！　大好物のチュールよ。

青　うぅ、そ、その味……って、いつから猫用おやつのチュール好き俳句研究者になったんですか。ヘンになったわけでなく、虚子が本腰を入れた「ホトトギス」雑詠欄には凄い句が続々と掲載されたんですよ。例えば、**〈高々と蝶越ゆる谷の深さかな　原石鼎《せきてい》〉〈雪解《ゆきげ》川名山削る響かな　前田普羅《ふら》〉〈冬蜂の死にどころなく歩きけり　村上鬼城《きじょう》〉〈死病得て爪美しき火桶かな　飯田蛇笏《だこつ》〉**等、近代最高峰の句が一気に出現します。

俳　おお凄い！　スケールが大きい上に突き抜けた感がビンビン伝わる……これが全部「ホトトギス」に？

青　そう。彼らは明治末期から句作や他の創作に励んだ実力派で、虚子の俳壇復帰を聞いて「ホトトギス」に投句し始めました。虚子は抜群の選句眼で先の句群を上位に据え、彼らのどの点が良いかを『進むべき俳句の道』で具体的に解説します。先の俳人たちが大正初期のスターで、虚子は彼らを称賛しつつ大正中期頃からは主婦層、また帝大等のエリート学生層にも着目し、積極的に関西や各地に赴いて句会を開き、多くの俳人を発掘しようと奮闘しました。

■大正中期以降

俳　一種の営業活動よね。そこが子規さんと違うところで、何だか爽やかじゃないなあと感じるんです。

青　うーん。子規は日本新聞社から給与を貰いながら「文学」を純粋に追究できたのに対し、虚子の場合は

⑨『落葉降る下にて』（大正5年〔1916〕発表）の一節。俳句事業に打ちこむ決意を支えるものは宿命の中で黙々と生き続けるのみ、と虚無感に近い信念を披瀝する。

⑩昭和2年（1927）発表の俳論『霜を楯とす』より。「自恃」は折に触れて語っており、『俳句の五十年』（昭和17年刊行）では子規から最も感化されたのは「自ら恃む」ことだったと回想している。

生業なんですよね。それに虚子は芸術家的イメージに振り回されない現実感もあったので、各地に赴いて句会を開き、土地の人々と関係を築いて「ホトトギス」会員を増やし、短冊や掛軸の頒布《はんぷ》会を頻繁に行うことも厭わなかった。俳句で金稼ぎなど邪道と多々批判されましたが、虚子は「自恃」の精神で事業拡大に勤しみます。

俳　まあ、仕事として俳句を選んだ虚子さんだから自然の活動かも。それに虚子さんなりに生活しようと努力していますよね。私も神頼みとか止めようかしら。「俳句の才が降って湧いてきますように」と八鹿踊り⑪を夜な夜な繰り広げましたが、現実的な努力もしようかなあ。

青　完全に不審学生……大学の責任になりかねないのでやめましょう。それに虚子は無目的に会員を増やしたわけではなく、例えば「主婦之友」が一万部単位で売れた大正中期、知的な向学心を抱く主婦の多さに着目し、高等教育を受けつつも家庭に縛られ、能力を発揮できない女性たちに俳句はどうかと思いつきます。従来の俳句はほぼ男の世界でしたから、虚子は柔軟な発想で門戸を広げたといえますが、何より優れた俳人がいきなり登場するところが凄い。

俳　む、例えば？

青　竹下しづの女や杉田久女《ひさじょ》、中村汀女《ていじょ》等。**〈短夜や乳ぜり泣く子を須可捨焉乎《すてっちまおか》　しづの女〉**（大正9〔1920〕）**〈花衣ぬぐやまつはる紐いろく　久女〉**（同8）等が「ホトトギス」雑詠欄を活気づけます。

俳　「花衣」句！　大好きです。花見から帰宅後に立ったまま着物を一枚ずつ脱ぐにつれ、色とりどりの腰紐が畳に散らばりゆく……甘やかな疲れと満足感、そして多彩な色の散らばりの中、自らが女性であることを気品とともに気怠さも交えて自負しているような……カッコイイ。

「ホトトギス」の黄金時代

青　ステキな鑑賞ですね。久女と同じ九州在住の中村汀女も後に頭角を現し、**〈とゞまればあたりに増ゆる蜻蛉かな〉**（昭和7〔1932〕）等の傑作を量産しました。しかもしづの女や久女が活躍し始めた大正中〜後期頃、虚子は東京・京都帝大生や帝大進学予定の高校生らとも頻繁に交流し、そこから出てきたのが日野草城《そうじょう》、水原秋桜子《しゅうおうし》、高野素十《すじゅう》、山口誓子《せいし》ら帝大出身メンバー。闇雲に会員数を増やそうとしたわけではなく、秀句を詠めそうな層に巧く働きかけたんですよ。

俳　虚子さん、凄いかも。運も実力の内とすれば、とてつもなく「持ってる」主宰ですね……凄い面々。

青　ええ。その点、虚子は宗祇や芭蕉と並ぶリーダーかもしれません。帝大グループでいえば、草城の**〈春の灯や女はもたぬのどぼとけ〉**（大正11）等は大正初期の重量感溢れる句と異なる清新さで一世を風靡し、秋桜子らに阿波野青畝《せいほ》も加えた通称「四S《シーエス》」は大正後期から昭和初期にかけて傑作を量産しました。他に後藤夜半《やはん》、富安風生《ふうせい》、山口青邨《せいそん》、松本たかし、中村草田男、川端茅舎《ぼうしゃ》、星野立子《たつこ》らが続々と登場します。

俳　えーと、まさか……皆さんが「ホトトギス」雑詠欄に投句を？

青　そう。この頃の「ホトトギス」は凄く、例えば昭和2年9月号には四Sの傑作が並んでいる。**〈啄木鳥《きつつき》や落葉をいそぐ牧の木々　秋桜子〉**
〈蟻地獄みな生きてゐる伽藍かな

⑪八鹿踊り―愛媛県宇和島市を中心に見られる踊りで、八人が鹿の頭を被り、紅染の布で上半身を覆って太鼓を叩きながら円になって舞う。呪術的要素が強く、宇和島藩時代に広まった。秋の祭礼の踊りなので、俳子は祈祷か何かと勘違いしている。

青畝〉〈方丈の大庇より春の蝶　素十〉〈七月の青嶺《あおね》まぢかく熔鑛爐《ようこうろ》　誓子〉。同月号ですよ。

俳　（゜ロ゜）

青　同時に、スポンサー的立場にあった実業家の句を上位に据えることも多かった。子規は金銭と文学の結びつきを拒否できる環境でしたが、俳句が生業の虚子はそういうことを言っていられない。彼が凄いのは、俳句を商売にしつつ神がかった選句眼を発揮した上に自身も傑作を詠み続けた点なんですよ。結社経営がうまいだけで実力派の弟子があれほど集まるはずがない。草田男も虚子選の確かさを絶対的に信頼していましたし、俳人虚子の凄さは「ホトトギス」の選句抜きには考えられません。

■選は創作

俳　そうか、思い出した！　「選は創作なり」。何かで読んだ記憶が。

青　おぉ、その通り。虚子の有名な信念で、彼は選句を創作と捉えていました⑫。俳子さんは子規の時に骨董の目利きと選句が近い、と仰っていましたよね（28ページ参照）。

俳　ええ。素人が見ても分からない不格好な茶碗を凄い傑作と見抜くあの感じですよね。

青　そう。いくら価値のある茶碗も、定評ある目利きが認定しないと人々は価値を見出せず、それは汚い小道具に過ぎない。同様にある作品が俳句として優れても、有名な選者が選ばない限り「俳句」と見なされない。虚子が凄いのは、数多の句群の中から同時代の誰もが気付かない「俳句」を発見しうる選句眼に加え、先入観や従来の価値観に囚われずに称賛できる度胸もあった。実は、自句のどの点が「俳句」かを自身で冷静に検証できる俳人は多くありません。選が創作とは、俳句が「俳句」になるには句作者に加え、それを「俳句」と認める目利きがいて初めて成立するという意味。しかも、虚子は膨大な句群から「俳句」を見出す選者の方が作者以上に貴重と見た節があり、後に水原秋桜子はその態度を傲慢と批判しましたが、やはり虚子選は凄いと言わざるを得ない。

俳　ムム、難しくなってきました。その「俳句」は有季定型であればいいという話ではなさそうね。

青　ええ。例えば、「ホトトギス」昭和5年（1930）11月号の雑詠欄巻頭句は**〈白露に阿吽《あうん》の旭さしにけり〉**等の川端茅舎、次席が**〈曼珠沙華どこそこに咲き畦に咲き〉**等の藤後左《さ》右《ゆう》。プロの隙のない茅舎句と、素人風に飄々と詠む左右句を平気で並べて「俳句」と称賛できた勇気ある選者はおそらく虚子のみ。

■掟破りの虚子選

青　他の虚子選も見てみましょう。「ホトトギス」昭和2年1月号の雑詠欄入選句です。**〈漂へる手袋のある運河かな　素十〉**。

俳　不気味……手袋は片方だけ水面に浮かんでいるのでしょうか。「運河」の淀みや重苦しい感じに加え、上五の「漂へる」が強烈。句を読み終わっても「漂へる」が妙に頭に残り、人の手から離れた手袋が永遠にユラユラ漂う感じがして生々しい。

青　それだけ読みとれるとは、俳子さんも「俳句」を知る読者ですね。当時はこんな句を「俳句」と認めたのは虚子だけで、他選者ならアウト。冬の季語「手袋」は**〈手袋をぬぎて**

⑫「選は創作」―虚子が折々述べた信念で、『ホトトギス雑詠全集4巻』（昭和6〔1931〕）序文等に見える。「俳句の選と云ふことは一つの創作であると思ふ。此全集に載つた八万三千の句は一面に於て私の創作であると考へて居る」（序文）。虚子が選句に自負と絶対の自信を抱いたことがうかがえる。

あたれる焚火かな〉〈手袋の色の好みや編上げぬ〉（同時期の宗匠俳誌の句群）等が定番で、捨てられた「手袋」を詠む発想がなく、しかも「運河」に漂うなど前例がなかった。「運河」といえば**〈名月や運河の船の遅々として〉〈柳散り水静かなる運河かな〉**（前に同じ）と船や柳が浮かぶ所で、「手袋」が漂う場所ではなかったんです。素十句のような情景は現実にあったとしても「俳句」になるとは誰も考えず、「手袋・運河」らしさに沿った句こそ「俳句」と信じられた時代、虚子は「手袋・運河」のイメージとずれた素十句を「俳句」と平気で認定しました。虚子が選者でなければ素十句はヘンな句として消えたはずで、逆に虚子が「漂へる」句を拾うことで、その選句を見た他俳人が「こういう風景を詠んでも俳句になるのか」と認識を新たにし、詠んだ素十自身も「よし、次もこの方向性で行こう」と確認する。虚子が選句を重視したのは、何を「俳句」と見なすかという価値観そのものを創りあげる場だったためです。

写生

俳　なるほど。雑詠欄は俳句観自体を投句者と一緒に創る場で、その価値観が他の選者と全然違っていたんですね。その虚子さん独特の俳句観と、子規さん譲りの「写生」は関係しているんでしょうか。

青　大いに関係します。虚子の「写生」は固定した理念や先入観を設けないという認識で、内容を縛る美意識や理念ではないんです。「写生」は基本的に何を詠んでも良く、子規の時に触れたように（21ページ参照）ありきたりな美意識や先入観ではなく、思いこみから外れた現実の不可解な、リアルな出来事に遭遇した時の驚きを生々しく詠みうるか否かが全て。これまで紹介した雑詠欄入選句はいずれも現実に対する驚きを臨場感を伴って詠みえた作品で、虚子選はそれ以外にさほど頓着しなかった。だからあれだけバラエティに満ちた作風が同居できたんですよ。

俳　ふむ。虚子さんは「客観写生」「花鳥諷詠」⑬を主張し続けたイメージが強いので「ホトトギス」の規約かと思っていましたが、どうも違うのね。確かにこれまでの雑詠欄の句風はバラバラかも。

青　「花鳥諷詠」も受け取り方によって伸び縮みする俳句観で、「小説や詩、短歌と異なる俳句の独特さ」に近い。「俳句はこうあるべき」と唯一の基準を示したわけではなく、内容はさほど問わないのが虚子の主張の幅広さです。唯一こだわったのは有季定型であれ！　ということ。無季や自由律はダメ、それは「俳句」ではないと終生主張し続けました。

俳　そこが碧さんの新傾向と違うところなんですね。でも、分かる気がします。小説をたくさん書いた虚子さんからすると、小説や詩にない俳句の特徴は有季定型なんだからそれを磨けばよい、それ以上の無理難題を俳句に求めてもムダ、となるんですよね。前に仰ったように、醒めた専業俳人の冷静な判断という感じ。

青　そうなんです。もう一つ、虚子は有季定型であえて「写生」を行うことが「俳句」になると気付いていた節がある。碧梧桐の時に触れたように（45ページ参照）、有季定型と「写

⑬花鳥諷詠—虚子の講演録「花鳥諷詠」（「ホトトギス」昭和4年〔1929〕）で披露された俳句観。自然界や四季の循環に親しみ、花鳥風月を悠々と諷詠するのが俳句という主張。隠居老人のような論だが、「天下有用の学問事業は全く私等の関係しないところであります。私達は花鳥風月を吟詠する外、一向役に立たぬ人間であります」（花鳥諷詠）とあり、腹の据え方に凄みがある。

生」は相性が良くない可能性があり、それを強引に行うことで「俳句」が発生するという特徴です。厄介な問題なので今回は省略しますが、いずれにせよ虚子は俳句の長所と短所を冷静に見切った専門家でした。

■虚子句、その後の人生

俳　虚子さん、凄い方だったのね。それに順風満帆と思いきや子規さんのように挫折や失敗を重ねて嫌々俳人になったとは……ショック。

青　その点、虚子は図らずも子規の後継者になったといえるでしょう。虚子は「実作・選句・結社経営」全てを成功させた巨人で、近現代俳句史上では彼のみ。才能ある実作者が良き選者とは限らず、作句能力と選句眼はある程度分けて考えた方がよかったりする。ところが、虚子はそれが一致しただけでなく、経営センスもあった上に超強運でした。昭和初期以降、水原秋桜子が虚子一派とケンカして反「ホトトギス」の新興俳句が起きたり、日中戦争や太平洋戦争が勃発したり、終わったりしますが、虚子はひたすら「写生」「花鳥諷詠」を唱え、日本最大の結社主宰として君臨し続けます。その影響力たるや甚大で、まさに巨人ですね。

俳　巨人……あの進撃の?

青　そう、素っ裸で句を詠みながら街の壁を破壊しようとする風流巨人……街に残された人類の運命やいかに?　と、そんなマンガが売れたら日本崩壊ですよ⑭。いや、逆に教養の高さを示しているかも。

俳　「**〈一を知つて二を知らぬなり卒業す〉**（昭和13〔1936〕、虚子作）」！　とか叫びながら街に突進するバケモノなんてステキじゃない。そうだ、虚子さんの大体の経歴や選句の凄さは分かりましたが、虚子さん自身は他にどんな句を詠んだのでしょう。

青　そこも重要ですが、昼過ぎから喋り倒してすでに夕暮れなので、お開きにしましょうか。分量的にもムリなので、他の虚子句は作品紹介ページをご覧いただければ。

俳　私たちは大学教室で話している設定なのに、そんなメタレベルな内情を告白していいんですか。

青　ありのままの現実を見つめるのが「写生」ですからね。

俳　なるほど……と、納得しかかる妙な理屈をこねないで下さい。確かにもう晩なので、虚子さんのその後や、大正期や昭和期の俳人たちについてはまた後日に教えて下さい！

青　そうしましょう。今日はお話できて楽しかったです。ではまた！

⑭漫画『進撃の巨人』（平成21〔2009〕～）を踏まえた会話。謎の巨人に襲われ続け、滅亡寸前の人類が城壁都市に立て籠もり、生き残りをかけて巨人と戦う話。もちろん、巨人は俳句を詠まない。

◆高浜虚子の代表句

高浜虚子は傑作が多く、句歴も60年強と長いため、今回の会話で取り上げた明治期～昭和初期の句を挙げる。多くは句集『五百句』（昭和12〔1937〕）に収録。

遠山に日の当りたる枯野かな

明治33年（1900）作・冬〔枯野〕／日の射さない荒涼たる枯野に立ち、向こうを見やると遠山に薄い冬日が当たっている……そのほのかな心温かさ。印象派的心象風景の世界。

桐一葉日当りながら落ちにけり

明治39年作・秋〔桐一葉〕／大ぶりの桐の葉がゆったりと、スローモーションのように秋の陽に照らされながら落ちていった。凋落の秋、そして冬の訪れも微かに予感させる。「日当りながら」が絶妙。

金亀子《こがねむし》擲《なげう》つ闇の深さかな

明治41年作・夏〔金亀子〕／家の

灯りを慕って飛びこんできた金亀子を捕え、外に勢いよく擲つも落ちる音がしない。そのまま飛んでいったのか、深い夜闇が広がっている。

露の幹静に蟬の歩き居り

大正5年（1916）作・夏〔蟬〕／蟬は鳴かず、朝露に濡れる幹を歩む。その静けさ、清々しさ。黒々とした両眼や羽根、また幹の質感も漂う。

大空に又わき出でし小鳥かな

大正5年作・秋〔小鳥〕／青空に突如、小鳥の群れが浮かぶように飛びゆき、また次の群れが現われては飛んでいく。大空から湧き出たように言い留めた妙。

雪解の雫すれ〳〵に干蒲団

大正10年作・春〔雪解〕／軒先から雪解の雫が干蒲団すれすれに落ちゆく。その微妙な緊張感が面白く、生活感もある。早春の雪国の風情。

棹の先に毛虫焼く火のよく燃ゆる

大正12年作・夏〔毛虫焼く〕／虚子の花鳥諷詠がいかなるものかを示す句。しげしげと眺めている。

白《はく》牡《ぼ》丹《たん》といふといへども紅《こう》ほのか

大正14年作・夏〔白牡丹〕／たゆたうような中七から軽く引きしまる下五への流れが白牡丹のふくよかさ、品のある艶やかさを思わせる。

大空に伸び傾ける冬木かな

大正15年作・冬〔冬木〕／葉が全て落ち、幹から梢まで露わになった大樹が晴れた空の方へゆるやかに「伸び傾ける」、その寒々とした冬らしさ。作者は見上げているのだろう。

やり羽《は》子《ご》や油のやうな京言葉

昭和2年（1927）作・新年〔羽子〕／羽子突きを楽しむ京女たち。柔らかく、油のように滑らかで、ねっとりまとわりつくような、洗練された京言葉でやりとりしつつ。

東山静に羽子の舞ひ落ちぬ

昭和2年作・新年〔羽子〕／京の東山を背景に羽子が高く上がり、ふっと力を失ったかと思うや静かに舞い落ちる……正月の町の静けさ、なだらかな東山の風情も思わせる。

巣の中に蜂のかぶとの動く見ゆ

昭和2年作・夏〔蜂〕／蜂の巣を覗いた時の様子。飛ぶ姿や羽音ではなく、巣穴に蠢く蜂の姿態に遭遇した驚きがある。「動く見ゆ」が力強い。

一片の落花見送る静かな

昭和3年作・春〔落花〕／桜も盛りを過ぎた頃、花片がひとひらのみ散りゆく。花びらの行方を黙って追いつつ春を惜しむ、その静けさ。

流れ行く大根の葉の早さかな

昭和3年作・冬〔大根〕／上流で大根を洗っていたのか、眼前の川面をちぎれた葉があっという間に流れゆく。省筆の妙と混じり気のなさ。

箒木に影といふものありにけり

昭和6年作・夏〔箒木〕／箒状に茫々に生え、靄がかったような姿の箒木にも影というものが確かにある、という句。イメージからずれた現実の発見と驚き。箒木は古典和歌でもよく詠まれ、その面影も品よく漂う。

せはしげに叩く木魚や雪の寺

昭和6年作・冬〔雪〕／その寺は普通の間隔と違い、木魚を忙しげに叩いている。周りを雪で囲まれた静寂の中、木魚の音が響く。「ポクポクポク」と想像すると妙に可笑しい。

鴨の嘴《はし》よりたら〳〵と春の泥

昭和8年作・春〔春の泥〕／鴨が水中に首を突っ込み、水底の泥の虫か何かを銜《くわ》えて水上に首をもたげると、嘴から泥が滴っている。「春泥」は雪解けや春の到来を示す季語で、かくも汚そうな春泥句は異例。

囀《さえずり》や絶えず二三羽こぼれ飛び

昭和8年作・春〔囀〕／鳥の群れが囀りつつ大樹のあちこちへ、木から木へと、絶えず二、三羽がこぼれ飛びつつ移っている。「こぼれ飛び」が鳥の群れの動きを感じさせる。

物指《ものさし》で背《せな》かくことも日短《ひみじか》

昭和8年作・冬〔日短〕／夏から秋へ、そして冬になり、日が短くなった。相も変わらぬ日常を過ごし、物指で背中をかく些事も冬の短日らしい、という。人を喰った花鳥諷詠。

川を見るバナナの皮は手より落ち

昭和9年作・夏〔バナナ〕／食べ終えたバナナの皮を手に、川を放心したように眺めている。ふと、皮が手から滑り落ちた。日常の些事の面白さ。「川・皮」の重なりも粋だ。

道のべに阿波の遍路の墓あはれ

昭和10年作・春〔遍路〕／大師堂の道端に「阿波のへんろの墓」とのみ刻まれた古い墓がある。いつの世か、素性も知れぬまま異国の地で行き倒れた無名遍路の哀れさにしみじみと思いを寄せた。「あはれ」が見事。

園丁《えんてい》の指に従ふ春の土

昭和10年作・春〔春の土〕／造園を生業とする園丁の手慣れた指遣いに、春の土も従順に従うかのよう。土を意のままに操る園丁の手つきをユーモラスに描く。土の質感も漂う。

大空に羽子《はね》の白妙《しろたへ》とゞまれり

昭和11年作・新年〔羽子〕／新春の青空に打ちあげられた羽子が落ちようとする一瞬の、静止したような真白の鮮明さ。緊張と柔らかい美感。

■あとがき

小著は愛媛発の俳句雑誌「１００年俳句計画」連載の「会話形式で語る近代俳句史超入門」から明治俳人の子規・碧梧桐・虚子を一書にまとめたものである。全編に渡り大幅に改稿し、特に子規・虚子はほぼ書き下ろしに近い。

三俳人ともに経歴や性格にページを割いた構成にした。彼らは松山藩士族として矜持を抱き、しかも順風満帆な人生ではなかった。最初から俳人を目指したわけではなく、気付けば俳人の道を歩むことになった経緯は今や埋もれがちであり、三者三様の人生をまず語り合うことにした。反面、俳句の特徴や魅力、また「写生」のありよう等をさほど紹介できなかったが、別の形で示すことにしたい。

連載の単行本化は「１００年俳句計画」編集長のキム・チャンヒ氏の懇切な慫慂による。レイアウトや表紙イラスト、カットも担当下さり、打ち合わせから出版に至るまで多くの助言を戴いた。

タイトルは「１００年俳句計画」発行者の三瀬明子氏のひらめきによる。タイトル名人の氏より複数の案を提案下さり、一時は「近代俳人どうでしょう」になりかけたが、本タイトルに落ち着いた。編集、校正等はキム氏、三瀬氏、水谷雅子氏、上野威雄氏、松本昌子氏、山澤香奈氏、石川恭子氏、三瀬末悠氏にお手数をかけた。刀剣乱舞についての知見等は蒙を啓かれる思いだった。小著が形を成したのはひとえにマルコボの皆様のおかげであり、改めて深謝申し上げる。

２０１４年にキム編集長と初めてお会いした際、意気投合して対話形式で近代俳句史を語り合う連載をさせてもらうことになり、今も青木先生・俳子氏は「１００年俳句計画」で語り合っている。明治以降の大正・昭和俳句を話す二人のやりとりもいずれお目にかけることができればと思う。

２０１９年夏　　　　青木　亮人

HAIKU LIFE
100年俳句計画

さくっと
近代俳人入門

正岡子規・河東碧梧桐・高浜虚子 編

2019年8月19日　第1版発行
2022年11月15日　第3刷発行

著者　青木亮人

装丁　キム・チャンヒ

発行人　三瀬明子

編集・発行
有限会社 マルコボ．コム
愛媛県松山市永代町16-1
電話　089-906-0694

印刷所　株式会社松栄印刷所

ISBN 978-4-904904-48-0 C0092 ¥1300E

■青木亮人（あおきまこと）
1974年、北海道小樽市生。同志社大学卒業、同大学院修了。博士（国文学）。現在、愛媛大学准教授。専門は近現代俳句。2008年に第17回柿衞賞（兵庫県柿衞文庫主催、若手俳文学研究者が対象）、2015年に『その眼、俳人につき』（邑書林）で第29回俳人協会評論新人賞・第30回愛媛出版文化賞大賞、同年に「明治期俳句革新における「写生」の内実について」で第1回俳人協会新鋭俳句評論賞、2019年に『近代俳句の諸相』（創風社出版）で第33回俳人協会評論賞を受賞。他著書に『俳句の変革者たち　正岡子規から俳句甲子園まで』（ＮＨＫカルチャーラジオテキスト）等。現在、「100年俳句計画」「子規新報」「俳壇」「俳句四季」その他多数の俳誌で評論連載中、また愛媛県文化振興財団文化講座で「愛媛学」及び愛媛新聞カルチャー講座で「愛媛を楽しむ」を担当中。

■参考文献

・『子規全集』（全25巻、講談社版）
・『河東碧梧桐全集』（全20巻、短詩人連盟河東碧梧桐全集編纂室）
・『定本高浜虚子全集』（全16巻、毎日新聞社版）
・松井利彦『新訂俳句シリーズ4　正岡子規』（桜楓社、昭和54）
・阿部喜三男『新訂俳句シリーズ6　河東碧梧桐』（桜楓社、昭和55）
・清崎敏郎『新訂俳句シリーズ5　高浜虚子』（桜楓社、昭和55）